藏書

珍藏版

# 三十六計

于立文 主编
李金龙 编

肆

辽海出版社

# 5000 日元一杯咖啡

一杯咖啡 5000 日元，有这种店吗？在东京滨松町的一家咖啡屋就有 5000 日元一杯的咖啡。这一信息传开后，使东京的豪客大惊失色，除一些抱着好奇心的人登门光顾外，其余的人都在“望价兴叹”。

咖啡 5000 日元一杯，咖啡屋老板的腰包一定能很快鼓起来。其实不然，咖啡屋无利可图。为什么这样昂贵的咖啡不赚钱呢？因为盛咖啡的是一只特制的杯子，名贵而又豪华，每个价值 4000 日元。当你享用完咖啡后，服务员就将杯子包好，送给你作为纪念。而且咖啡都是由名师当场精制而成，味道可口而又特殊。咖啡屋内部的装潢豪华如宫殿，侍女穿古代皇宫服装，把顾客当成帝王般殷勤侍候。

抱着好奇心前来的客人，原以为不会再来。但咖啡屋对这些人产生了巨大的吸引力，身价倍增的感觉难以忘怀，不但自己来，而且还带好友同来，使这家咖啡屋的知名度大大提高，生意十分兴隆。这家咖啡屋当然也出售 100 日元左右一杯的咖啡、果汁、汽水等，这是真正赚钱的饮料。老板推出 5000 日元一杯的咖啡，是要提高咖啡屋的知名度，用高价带动廉价商品的销售。这一妙招十分成功，利润极其可观。正道是：一个货物一个价，一分精明一分财。

## “谢”字效用

杰出的饭店服务的特色之一便是服务人员将“谢谢您”这句话说得主动、自然，贯穿于服务的每时每刻。

一次，北京旅游代表团访问澳大利亚，在墨尔本一家饭店，车子一停，门卫立即走过来为客人开门。第一句话就是“欢迎，谢谢您”。办理住店登记手续后，那里的小姐也对代表团的人说“谢谢您”。进了房间不一会儿，行李员推着车把行李送来了，还没等来客开口说“谢谢”，行李员却抢先说了“谢谢您，这是您的行李。”

令人称赞的是，在这家饭店，无论你和饭店哪个部门接触，他们为你提供服务后，总是说一声“谢谢您”。给总机打电话询问一些事情，每一次话务员都很热情地说：“谢谢您给总机打电话，”给行李服务处打电话，回答的第一句也是“谢谢您”。饭店在大厅设有服务台，一次，代表团的几位向值班的服务员问路，服务员说得非常详细，末了还拿出地图，用笔在上面做了许多记号送给这几位中国客人，最后仍微笑着说“谢谢”。

饭店经理对“谢谢”这一用语的理解是这样的：饭店服务就像一个系统工程，服务人员的行为、语言、效率、态度等等构成了一个整体……它不仅是口头上的一句话，而更要用行为体现它的涵义。

这位经理的话得到了证实。那是临离开饭店的前一天晚上，因为北京代表团的宣传品多，需要包装带到下一个城市，可是纸箱不够了。已经是深夜了，商店也关门了，最后的希望就在饭店了。电话接通后，服务员非常热情并保证20分钟内一定送到房间。他果然按时来了，并拿来两个箱子。说另外一个是备用的，临走时又说了一声“谢谢您”。代表团的成员忍不住问他：“是我们麻烦了你，为什么你还要说‘谢谢’呢？”他笑了笑，说：“客人有求于我们说明了对我们的信任，对信任的回答当然应该是感谢。”

## 巧布迷阵妙得金山

赫斯汉是美国华尔街的股市奇才，人们说，只要他的手摸到的东西立刻就会变成黄金。有关赫斯汉的传奇故事数不胜数，而最令人称道的是1936年那次弗莱斯顿金矿收购战。

弗莱斯顿金矿开采公司成立于19世纪中叶，一次大火焚毁了金矿的全部设备。公司因无力购置生产设备，整个矿区陷于瘫痪，随之而来的是公司股票狂跌，每股跌到不值5美分。

有一个叫道格拉斯的地质学家，不忍心看到金矿开采半途而废，于是他找到赫斯汉，把该金矿的详细情况告诉了他。赫斯汉听后立即收购了弗莱斯顿金矿开采公司，并拿出2万5千美元做试采计划。不到几个月，黄金就掘到了。

自从赫斯汉接管该金矿公司后，弗莱斯顿的股票便节节上升。然而当赫斯汉采到金矿后，却严守机密，对外宣称自己不善于经营矿业，准备将公司出售。这样一来刚开始回升的股票又直线下跌，华尔街上的股票大户便纷纷抛出。于是赫斯汉派人大量购进。当普莱斯顿的股票大部分到了赫斯哈手中时，赫斯汉突然宣布，这座金矿每年的毛利可达2500万美元。这样普莱斯顿的股票又急速掉头上升，很快便暴涨到2美元以上。赫斯汉卖掉大部分股票，仅留下了50万基本股。就这样，赫斯汉除了收购公司和试采投入的资金全被赚回之外，这留下的50万股也等于没花一文钱。

# 唐太宗智擒凶犯

唐贞观年间，湖南衡阳有一家板桥客店，老板李四在妻子回娘家的一天晚上突然遇害。

店里的伙计发现店主被杀，马上怀疑是当天晚上住店的三个人干的，因为这三个人在李四被杀后，半夜里匆匆忙忙离店走了，莫不是做贼心虚？于是立即追赶那三个人，追上一看，三人果然都带着刀子，有一个叫卫三的人刀上还有血迹。人赃俱在，店伙计马上把这三个人扭送进了官府。

官府老爷听完了情况，又看到了证据，断定杀人凶手就是这三个人，喝令道："你们三个谁是主谋，从实招来！"

三人直喊冤枉，不肯招供。

"大胆歹徒！人赃俱在还敢抵赖，我看不动大刑，你等是不肯招供，来人！大刑伺候！"说着两旁当差就给三人同时上了大刑。

开始，三人还直叫冤枉，最后终于受不了皮肉疼痛，招供说杀了人。官府老爷立即让他们画了押，吩咐左右："押入大牢，等候处斩！"

太宗李世民听说这个案子后，觉得有点奇怪。这三个案犯本不认识店主，前无冤后无仇，为什么平白无故就把店主给杀了呢？他叫来御史蒋恒，吩咐说："你去复查一下这个案子，一定要查个水落石出，店主如果真是那三人所杀，也要查明杀人动机，再行决断。如果是他人作案，更要查出元凶，不能轻易冤枉好人。我看他人作案的可能性大。"

蒋恒来到衡阳，告诉当地官府那三个人暂时不要处斩。接着来到发案地点调查情况，了解到，卫三等人确实和店主无冤无仇，又仔细询问了发案当时的情况，初步排除了卫三等三人作案的可能。但是有些疑点他还搞不清楚。

第二天，他分别提审三个人犯。

卫三一见换了个审判官，马上又喊冤枉。蒋恒问："卫三，你没有杀人，刀上的血迹怎么解释？"

"回大人话，小人确实不知刀上血从何来，小人在住店那天晚上，喝了不少酒，早早就躺下睡觉了，连刀把都没有摸过。"

"你说的可是实话？"

"句句是实，小人不敢撒谎。"

"那么，我再问你一个问题，你当晚把刀放在什么地方？"

"就挂在靠窗户的墙上。"

“既然没有杀人，为什么又在半夜匆匆忙忙离开？”

刘皇叔跃马过檀溪

“大人有所不知，我们三人不是本地人，这次是出来做买卖，因为第二天要赶到60里外去看货，所以才走的很早，走时，店里人还在睡觉，故而没有打搅。”

蒋恒又分别提审了另外两个人，两人说的和卫三的口供完全符合。他断定，卫三等人不是杀人凶手。店主确是他人所杀。他立即派人送信给李世民，谈了自己的想法。李世民即刻回信说：“爱卿复查此案细而有加，我很高兴，你说的意见很好……，我看追查真凶，不妨采用引蛇出洞之计。”

蒋恒受到太宗表扬，更加坚定决心要查出真凶。但如何按照太宗吩咐引蛇出洞呢？他苦苦想了一晚上，决定引蛇先打草。

第二天，蒋恒下令：“板桥客店的人员，无论男女，凡十五岁以上的都要到官府来集合。”不多时，板桥客店的人来了，蒋恒看了看来的这些人说：“今天来的不齐，你们暂且回去吧，等候通知再来。”话音一落，众人就往外走。

“慢着，这位老婆婆先留一会儿，我有话问。”蒋恒喊住了一个年近80岁的老婆婆。

“老人家高寿?”蒋恒问。

“你说什么，问我养不养猪?”老人耳朵不好使。

“你—在—店—里—几—年—啦?”蒋恒提高嗓门，拉长声音问。

“快30年啦!”这回老婆婆听明白了。

“谁和张店主有仇?”蒋恒又问。

“说来店主人也没有什么仇人，不过，生意人结交的人多，也说不准有脾气不对付的。”老婆婆尽管年纪已大，但拉起话来，还是满有老年人味道。

就这样，蒋恒和老婆婆一直拉到很晚才让老婆婆回去。

老婆婆刚一出门，蒋恒就叫来一个狱中看守说：“你立即乔装打扮秘密跟着老婆婆去，如果有人向老婆婆询问什么要仔细听清楚，并记住问话人的长相，回来报告。”

老婆婆回店后，果然有一个人前来问老婆婆：“官府是怎么审问你的?”老婆婆实言相告。

第二天，蒋恒又把所有十五岁以上的店员叫到官府，又借口让大家先回去，只留下老婆婆一人问话。老婆婆回去后，又是昨天那个人前来打听消息。一连三天，天天如此。蒋恒立即派人了解这个人和店主的关系，得知此人和店主妻子有暧昧关系，张店主曾为此和他闹过纠纷，于是下令：“把向老婆婆问话之人给我带来!”

“堂下之人，可知你有罪?”蒋恒单刀直入。

“小人不知，小人不知!”这人边回话，浑身直打哆嗦。

“你可是杀害张店主的凶手?”蒋恒突然发问。

“小人没有，小人没……”

“你和李四之妻通奸，李四早已发现，为此曾三番五次警告于你，你为了长期霸占李妻便杀害了他，这可是事实?”

“我没有杀人，我没有杀人。”

“来人，给我动大刑!”蒋恒大声喝道。

“别，别，小的愿意招供。”未等用刑，凶犯招供了全部杀人经过，还供出了杀人同犯李妻。

原来，凶犯和李四之妻长期通奸，为了达到霸占店产，长期姘居的目的，一直准备谋害李四。碰巧，那天晚上来了卫三等三个带刀的店客，于是产生了借刀杀人、嫁祸于他的歹念，李妻借故回了娘家，半夜里凶犯潜入客房，用卫三的刀杀了店主，又把带血的刀原封不动装回刀鞘。

蒋恒遵照太宗李世民计策，运用打草惊蛇之计，使这件疑案大白于天下，受到了太宗奖励，太宗赏他丝绸 200 匹，并把他晋升为御史。

## 铜钟断案

我国有许多民间故事取材于历史事件，下面这则就是一例，其中所运用的智谋就是“三十六计”中的“打草惊蛇”。

北宋神宗年间，福建侯官（今福州）人陈襄在浦城（今福建北端）县当主薄（县令的属官），代理县令。

有一天，一户人家被盗，告到县衙，捕役抓来了一批嫌疑犯，请县令审问。由于这批嫌疑犯人数众多，谁也不肯招供，一个个都喊冤枉。究竟这当中有无真正的强盗，陈襄心里无底。这时，他心生一计，便坐在堂上一本正经地大声说：

“这个容易，听说城内城隍庙的神验灵，庙内有只铜钟能识别盗贼，若是犯有偷窃之罪的人，一摸钟就响；如果没偷抢人家东西的，怎么敲也不会响。你们马上都到城隍庙里去摸钟，盗贼想跑也跑不掉，灵验得很！”

于是，这批嫌疑犯都被带到了城隍庙。许多百姓也都到城隍庙来瞧瞧那铜钟怎样捉盗贼。

在城隍庙里，铜钟已被陈县令派人用黑布围了起来。庙里门窗关闭，铜钟旁漆黑一片。

陈襄笑道：“好！大家稍等一会，那强盗是谁，一摸铜钟，马上就清楚明白了。”

众嫌疑犯一个接一个排队进了铜钟的黑布篷里去摸钟，那铜钟却一次也没有响。

众人都以为这些嫌疑犯中一定没有偷盗贼了，陈县令这时却命令众嫌疑犯伸出手掌来让他检查。一检查，陈县令马上指着一人喝道：

“你就是盗贼！”

“小人冤枉！老爷无凭无据怎说我是盗贼呢？”那人反驳道。

陈襄道：“你要我拿证据吗？我这铜钟上涂有煤烟，凡摸过的人，手掌都是黑的；只有你手不黑，证明你没有摸钟，也证明你不敢摸。你若不是盗贼，为什么怕钟响而不敢摸呢？”

那人顿时无话可说，经过审问，果然就是那盗贼。

## 打草惊蛇巧断案

清苑县有两个亲兄弟，父母双亡之后分家。老二分得的家产银块挥霍光了，亏得老大对他一直很照顾，时常给他一些财物。老大已经年过半百，膝下只有一个儿子，已经成家，夫妻二人感情极好。

一天，老二的妻子为急于应付一笔拖期的债务，到老大家借钱，看到侄媳妇在厨房做晚饭，就絮絮叨叨地和侄媳妇拉起家常来。老大的儿子恰好从外面回来，进门就直嚷：“饿坏了！”媳妇马上把饭端给他。他刚吃完，突然叫喊肚子痛，倒在地上翻滚起来。一会儿就死了。七孔中的血像液汁似的流出来。媳妇大吃一惊，不知怎么办才好。老二的妻子突然大喊道：“侄媳妇谋杀亲夫了，快去报官，定能查清楚！”立即和老大媳妇去官府报案，老二的妻子上堂作证。

官府拘捕媳妇到案，酷刑之下，她就胡乱承认和人通奸，因而谋杀了丈夫，并瞎指某甲为奸夫。某甲是他们家的表亲，向来言语迟钝，怕吃官司，害怕上刑，也就含冤招供。

这时，恰逢原来在外省任总督的讷尔经额调任直隶总督，他一路察看监狱中在押囚犯，查问判决情况。来到这个县里，怀疑这是一件冤案。过去常听说某县令很有能

玄德南漳逢隐沦

力，就发公文借调他来进行复审。这县令奉命到职，先审阅有关案卷，这些案卷已累积三年，摞起来几乎有一尺厚。被告屡次招供，又屡次翻供，案情原委确实可疑。于是，把有关人犯拘留，分别细细审问。先问那媳妇发案当日的情况，媳妇一一供述了全部经过，就命令把她带走。询问老大媳妇平日里她的行为如何，

则回答："服侍公婆温柔孝顺，夫妇之间也没有争吵过。"问："她与某甲的奸情究竟有没有？"回答："没有看见他们往来，不敢瞎说。"也命令带下去。续问某甲关于通奸的具体情状，某甲哭得说不成话。再问他，才回答："我如果供说没有奸情，则将给我用刑，如果供说有奸情，就离死期不远了。真不知道该怎么招供。"问老二夫妇，老二说当天没有看见；老二的妻子则说："这是我当天亲眼所看到的。我的大伯都五十多岁，只有这一个儿子，不杀掉这个贱女人，无从叫人们知道她所犯的罪行是多么严重。"县官命令把她俩也带下去，对众人说："我已经在十成中得知六、七成了。明天再审，定将查明全部案情。"在场的人都不明白他的意思。

第二天，进行复审。提出与本案有关的所有人，排成一列，跪在公堂上。县令说："死者夜里托梦把实情告诉我了。他说：'我的确是中毒而死的。但毒死我的不是我的妻子。'问这人是谁？他只说：'毒死我的人，他的右手掌颜色将变青。'"县令说着，两眼扫视案前众人。过了一会儿，又说："死者又说：'毒死我的人，他的白眼球将变为黄色。'"说完，又用眼睛扫视案前这些人。忽然拍案向老二的妻子喝道："杀人的就是你！"老二的妻子吃了一惊，忙说："贱女人自己杀死丈夫，怎么说是我？”县令说：“你已经自己承认了，怎么能再抵赖？”老二的妻子问：“我怎么承认的？”县令说：“我说杀人的右掌颜色变青，别人都和平常一样，独有你偷看自己的手掌，这是你自己招的供啊；我说杀人的白眼珠变黄，别人都不紧张，而你的丈夫急忙回过头来看你的眼睛，这是你丈夫替你招供啊。怎么能再抵赖？”老二的妻子脸色顿时大变，但仍继续狡辩。县令说：“再狡辩，各种刑具都准备好了，那就请尝尝它的滋味吧！”老二的妻子再无计可施，只好原原本本地吐露实情。原来老二夫妇早就想侵吞老大的财产，每次去老大家，总是怀藏砒霜，准备一有机会就随时投毒。那天碰见侄媳妇做饭，絮絮叨叨地唠着家常话时，乘机把砒霜投下了。本想把他们都毒死，没想到侄儿因肚子饥饿，首先中毒受此祸。

冤案三年，只复审了两次，三言两语，即得昭雪。人们从此称他断案如神。总督说：“不是神明，我只是根据‘四字诀’办案罢了。”

当问其哪四字诀？答道：“察言观色”。

## 断案奇谋

姚柬之在河南临漳县当知县的时候，断过这样一起凶杀案。被害者是一名姓姚的妇女，当时丈夫出门未归。凶手作案不仅残忍，而且不留痕迹。县衙公差经反复勘查，也未发现什么线索。不少人认为凶手是流动作案，早已远走高飞，再调查也无济于事。

姚柬之并不灰心，再次勘查了发案现场，详细了解发案当天姚氏邻居的情况。他发现案发之日正是县试复试的前夜，县试第一名杨某在复试那天请了病假，而杨某正是姚氏的邻居。姚柬之立即派人把杨某找来进行询问。杨某的回答没有什么破绽，但神色有些慌张。姚柬之与杨某一直谈到天黑，才放杨某回家。

杨某回家要路经一座城隍庙。当杨某走到城隍庙的时候，天黑得伸手不见五指，风吹得树木野草哗哗作响，心怀鬼胎的杨某十分害怕，心都快要从嗓子眼蹦出来了。突然，从庙门跳出一个人影。杨某一看，原来是满脸血污、披着长发的姚氏。杨某终于明白了，这是被害者的鬼魂找他算账来了。杨某被吓得浑身抖如筛糠，双腿一软，跪在地上磕头求饶，讲了一大堆悔过认罪的话，把整个命案的过程讲得一清二楚。

正在这时，城隍庙的四周亮起许多火把，一批衙役将杨某团团围住。一位班头拿着手铐走过来对杨某说："姚大人在此已等候多时了！"杨某如梦方醒，知道上了姚柬之的圈套。杨某这个道貌岸然的衣冠禽兽，终于得到了应有的惩罚。

俗话说：做了亏心事，必有鬼叫门。杨某作恶心虚，最怕姚氏之魂找他讨命。姚柬之要人装扮成“女鬼”姚氏，“草”中之“蛇”受到惊吓，使案情大白于天下。姚柬之使用的装神弄鬼的方法已经过时，但他在破案中显示出的智谋，却是值得称道的。

姚柬之能破此案是因他办案细心，分析精到，最关键的是他设的城隍庙前扮鬼使诈之计。姚柬之已推测出了真相的大概，因而利用中国人“不做亏心事，不怕鬼叫门”的民俗心态试他，结果他是真凶。

## 谈“耻”激将

第 26 届世界乒乓球比赛拉开了战幕。团体赛的冠军争夺战将在中、日两队之间进行。胜券将操谁手？一些乒坛和外界的舆论认为中国队是下风球，中国队内部也笼罩着一层畏惧日本队的情绪。中国选手庄则栋的心里也有一些阴影。中日决战之前，庄则栋仍心存畏惧，并无取胜把握。

一位老领导来到庄则栋和他的战友中间。他没有了昔日的谈笑风声，阴沉的脸上肌肉线条在滚动。他讲了一段中华民族遭受帝国主义侵略的耻辱史后，语重心长地说："那时候，我们被各国列强视为'东亚病夫'，惨遭侵略。现在，我们作为中华民族的体育健儿，理应为国争气，为国增光。"说完深情地看了庄则栋一眼，默默地离去。庄则栋听罢，精神为之一振，原来的畏惧之情早已消逝得无影无踪，一股强烈的、压抑不住的拼命劲直觉得要冲出胸膛。比赛开始后，庄则栋和日本队选手两次交锋，始终饱和溢发着拚命的劲头。

在第26届世界乒乓球锦标赛上，中国乒乓球队夺得了团体冠军杯——斯韦斯林杯，庄则栋也保持了1959年客国团在多特蒙特获得的男子单打冠军的称号。事后，庄则栋回忆说：老领导的话，唤起了他为国争光，勇于拼搏的激情"这股力量无疑为我战胜日本队员奠定了极为有利的因素。"

## 褒曼的考试小品

曾3次获得奥斯卡奖的英格丽·褒曼，是世界闻名的电影和戏剧表现艺术家。

她18岁时报考瑞典的斯得哥尔摩皇家戏剧学校。

因为考生众多，竞争极为激烈。

当时，众多的考生都选用《茶花女》、《麦克白》

等盛行的剧目中的片断作为试演的小品。

褒曼则突破常规，她选用一个较轻快的、由一个不太出名的作者写的剧本。

这个剧主要描写一个活泼、漂亮的农村姑娘，大胆地同一个爱她的小伙子调情。其中有一个情节是这个姑娘跃过一条小溪，跑到小伙子面前，双手插腰对着小伙子大笑。

英格丽·褒曼就选用了这个情景作为开头。

轮到英格丽·褒曼出场了。

只见她飞跑着，一个箭步从侧幕鱼跃而出，这样腾空一跳跳到了台上。然后，她双手插腰，站着，就在舞台上无所顾忌地娇笑不止。

这样一个亮相一下就震住了全场，也震住了那些考官们。

评委们一致称赞褒曼那种舞台上的自信和那种先声夺人的气势。

就这样，不等英格丽·褒曼继续演下去，评委们就高声叫“行了，下一个出场。”

就这样，褒曼顺利地通过了考试。

褒曼在考试时脱颖而出，除了她个人素质很好之外，还在于她深知打破俗套、一反常规的重要。

## 以色列智毁萨姆—6导弹

1973年第四次中东战争中，以色列空军损失了109架飞机，其中大部分是被萨姆—6导弹击落的。以色列当局发誓要报仇雪耻。后来美国中央情报局通过埃及得到了萨姆—6导弹；以色列情报机关也弄到了关于萨姆—6导弹的一些技术情报，并研制对付这一导弹的新武器。

1981年4月，萨姆—6导弹刚在叙利亚的贝卡谷地部署完毕，以色列就派出无人驾驶飞机前去侦察。飞机刚进入贝卡谷地上空，就被叙军用萨姆—6导弹击落。叙军欢欣鼓舞，但以军也格外高兴，因为他们已从中获取了关于萨姆—6导弹的具有重大价值的情报。为了进一步证实情报的可靠性，他们又派去一架无人驾驶飞机，叙军连续发射了两枚萨姆—6导弹，但都没有击中目标。以军以小的代价换取了摧毁萨姆—6导弹的全部奥秘，但叙军却没有对此引起足够的重视。

6月9日，以军对贝卡谷地发动正式空袭。开始，他们先用一种用无线电遥控的、无人驾驶的塑胶制作的飞机飞临谷地上空，叙军相继发射导弹，这些飞机纷纷落地，叙军欣喜若狂。他们哪里知道，几架以色列的E—2C型“鹰眼”预警与战斗控制飞机这时正在地中海上空接受叙军雷达天线电波频率和导弹指令发射频率，并很快运算出所需数据，通知已在空中待命的以色列战斗机群。以军飞机得到这此数据后，先用两枚“百舌鸟”导弹摧毁了叙军导弹阵地指令中心，使阵地上的萨姆—6导弹都变成了无头苍蝇；然后，以军飞机饿虎扑食一般向导弹阵地发起猛烈攻击。仅6分钟时间，就使叙利亚惨淡经营多年的19个萨姆—6导弹连同归于尽，所有导弹化为乌有。

这是将“打草惊蛇”谋略用于现代战争的一个典型战例：以色列用无人驾驶飞机和假飞机“打草”，目的是为了“惊蛇”，即引诱叙军发射萨姆—6导弹；当“蛇”“惊”出洞，暴露无遗后，以军则给以猛烈打击。由于以色列真正做到了“察而后动”，因此获得了巨大成功。

# 第十四计　借尸还魂

**【原文】**

有用者，不可借；不能用者，求借。借不能用者而用之。匪我求童蒙，童蒙求我[①]。

**【注释】**

①匪我求童蒙，童蒙求我：语出《易·蒙》卦。匪，通非，不是。童，幼童。蒙，物初生之态，引申为蒙昧无知。这句话说，不是我求那些蒙昧无知的幼童，而是他们来求我。

**【译文】**

凡是有所作为的，难以驾驭和控制，不能加以利用；凡没有作为的，往往要依附别人以强立，这就会求助于我，利用没有作为的并顺势控制它，这其中的道理，正与幼稚蒙昧之人需要求助于足智多谋的人，而不是足智多谋的人需要求助于幼稚蒙昧的人一样。

**【按】**换代之际，纷立亡国之后者，固借尸还魂之意也。凡一切寄兵[1]于人，而代其攻守者，皆此用也。

**【注释】**

①寄兵：寄，假手于人，自己不出面。兵，兵器，战事。意思是假借别人之手进行战争。

**【前人批语】**

古人按语说：敌力不露。阴谋深沉，未可轻进，应遍挥其锋。兵书云："军旁有险阻、潢井、葭苇、山林、翳荟者，必谨复索之，此伏奸之所藏也"（《孙子·行军篇》）。

**【译文】**

每当改朝换代的历史时刻，那些纷纷将某个已被推倒的王朝君主的后代暂时捧为新君的做法，原本就是借尸还魂的计谋。凡是将兵权寄托在某人的名下，而以代理之名实际掌管征伐大权的人，也是用的"借尸还魂"的谋略。

**【计名探源】**

此计语出自道教仙话中的传奇人物"铁拐李"的故事。

据传，铁拐李原姓李，名玄，曾经遇上太上老君而得道，成为八仙之一。一次神游时，因其肉身误被弟子焚烧，使游魂无处依附，于是附在一位饿死的人的尸身之上，得以还魂。还魂后蓬头垢面，袒腹跛脚，又用水喷向倚身的竹杖，变成铁杖，因此被称为“铁拐李”。

元代岳伯川杂剧《吕洞宾度铁拐李岳》曾写其事，其情节有所不同。剧中直接用了“借尸还魂”一词。其原文是：

（吕洞宾云）：“岳寿，谁想你浑家将你尸骸烧化了。我如今着你借尸还魂，尸骸是小李屠，魂灵是岳寿，休迷了本来面目！”（见臧晋叔编《元曲选》）

**【评语】**

“借尸还魂”的原意是：比喻已经死亡的东西，又可借助某种形式得以复活。《元曲选·碧桃花》第三折：“（真人云）谁想有这一场奇怪的事，那徐碧桃已着她‘借尸还魂’去了。”此计用在军事上，是指利用、支配那些看似没有作为的势力来实现我方军事目标的策略。在战争中往往有这类情况，对双方都有用的势力，往往难以驾驭，很难加以利用。而没有什么作为的势力，往往要寻求靠山。这时候，不失时机地利用和控制这部分势力，往往可以达到取胜的目的。

古人认为，历史上常有这种情况，每当改朝换代之时，都喜欢推出亡国之君的后代，打着他们的旗号，用以号召天下。用这种“借尸还魂”之计，实现夺取天下的目的。在军事上，也要善于利用一切可以利用的力量，取得主动地位，达到取胜的目的。

**【战例】**

## 重耳奔秦

春秋时期，晋国的国君晋献公死后，国内发生了大乱，晋献公的一个儿子重耳，为了避免国内的混乱，便带着一些忠于自己的大臣，出外流亡。晋公子重耳先后到过狄国、齐国、宋国、楚国，但均遭冷遇，一直很不得志。当此之际，与晋国相毗邻的秦国，却很想控制晋国。就在晋国国内发生内乱时，秦国统治者乘晋之危，插手拥立夷吾为国君，这就是晋惠公。但就在晋惠公拥立后，却对秦国统治者立即反目，恩将仇报，发兵攻打秦国，结果失败，晋惠公也作了秦军的俘虏。后来经人说情，晋国答应割让五座城池给秦国，并用太子圉作为人质去秦国，这样，秦穆公才将晋惠公释放回国。而晋太子圉在秦国作人质时，得知父王生病了，他怕君位传给别人，便偷偷地跑回晋国。到第二年时，晋惠公死，他便夺得了君位，且从此再也不与秦国相交往。秦穆公对此颇为伤心，更令其忧愤的是，如此下去则无法达到和实现自己企求的政治目标。在这种情况下，他权衡利弊得失，决心拥立流亡在外的晋公子重耳，做晋国的新国君。于是，秦穆公派专人从楚国接回了晋公子重耳，并把自己的女儿怀嬴嫁配给了他，以示友善和礼遇。之后，为了帮助女婿晋公子重耳尽快夺得晋国的王位，秦穆公便发重兵前去攻打晋国。秦军人晋后，将晋军打得大败，且将公子圉赶跑，从而拥戴公子重耳做了晋国的新国君，这就是晋文公。晋文公登上王位后，十分感激秦穆公的恩德和救助，从此，秦晋两国结为“秦晋之好”的

秦国派兵送重耳归晋

政治、军事盟国。而秦穆公多年的以秦“驭晋”的政治夙愿与梦想，终于得以机巧地实现。

此计的实施者为秦王秦穆公，而通过拥立重耳，“以旧换新”，结秦晋之好获实利的则是秦国本身。

## 楚平王借尸还魂

公元前530年，楚灵王率兵伐徐，阻止吴国向西扩展，屯兵乾溪一年而未能撤离。结果“后院起火”，子比等人从邓国回到郢都，袭杀灵王的太子禄，子比自立为王，并任子皙为令尹，弃疾为司马。灵王得知消息后在外自杀了。但子比并不知道灵王已死，他部下观从劝他杀掉公子弃疾，但子比不忍心下手。公子弃疾抓住子比害怕灵王回来的心理，一回到国都就逼杀子比夺取王位，他自己不露面，暗中派人夜间惊呼“灵王回来了”。而后又派他部下对子比和令尹子皙说：“灵王将要回来了，司马弃疾也将要回来了。你杀死了太子禄自立为王，等灵王一到，国人就会起来攻杀你，你还是自己盘算着办罢，免得到时候蒙受羞辱。”子比和子皙本就惶惶不安，提心吊胆，听到满城的人都在议论灵王就要回来了，他们害怕出现那种结局，就畏罪自杀了。公子弃疾达到了他预期的目的，马上即位为王，号为楚平王。

## 王莽篡汉

西汉末年，梓潼县人哀章在长安求学，一向品行不端，好说大话。他看到王莽居位摄政，就做了一只铜箱子，制作了两道封书题签，一道写作“天帝行玺金匮图”，另一道写作“赤帝行玺某传予黄帝金策书”。所谓某，就是高皇帝的名字。文书说王莽应作真天子，皇太后应遵从天命。图和书都写明王莽的八名大臣，又起了吉利的名字叫王兴和王盛，哀章还把自己的姓名也塞在里面，共有十一人，都写明了官职和爵位，作为辅佐。哀章听到齐郡新井和巴郡石牛事件下达了，当天黄昏，穿着黄衣，拿着铜箱子到高帝祠庙，把它交给了仆射，仆射向王莽奏报。十一月二十五日，王莽到高祠庙接受天神命令转让统治权的铜箱子。他戴着王冠，晋见太皇太后，回来便坐在未央宫的前殿，下文告说：“我自身无德，幸赖是皇初祖黄帝的后代，是皇始初虞帝的子孙，又是太皇太后的亲属。皇天上帝大加显扬和保佑，既定的天命，宣告皇统的开端，上天降下的符命、图文，神明晓喻，把普天下人的命运托付我。赤帝汉朝高皇帝的神灵，秉承上命，传给我转让政权的金策书，诚惶诚恐，不敢不敬谨接受！二十五日为一吉日，我戴着王冠，登上天子的座位，建立‘新王朝’。决定改变历法，改变服饰的颜色，改变祭祀用品，改变旌旗，改变用器制度。把今年十二月初一定为始建国元年正月的初一，把鸡鸣之时作为一天的开始。车马、服饰的颜色配合土德崇尚黄色，祭祀适应正月建丑使用白色，使者符节的旄头都采用纯黄，其上写上‘新使五威节’，表明我们是秉承皇天上帝的威严命令。”

王莽将要当真皇帝之前，先让人捧着各种符瑞给太皇太后看，太后大吃一惊。这时，因孺子刘婴还没有即位，所以皇帝御玺仍放在太后的长乐宫。等到王莽即位，向太皇请予御玺，太后不肯给。王莽让安阳侯王舜规劝。王舜一向谨慎周到，太后平素喜欢他、信任他。王舜晋见，太后知道他是来为王莽索求御玺，愤怒地骂道：“你们父子兄弟、家庭宗族，靠着汉王朝的力量，几代享尽荣华富贵，不但不去回报，反而利用别人托孤寄子的机会，夺取政权，不再顾念恩德情义。这种人，连猪都不吃他剩余的东西，天下怎么会有你们兄弟！而且你们自己用金匮符命当新皇帝，改变历法，改变车马，服饰颜色，改变制度，就应该另刻一枚御玺，传之万代，为什么要使用这个亡国的不祥之玺，而想得到它？我是汉王朝的一个老寡妇，早晚都要死，打算跟御玺一同埋葬。我不给他，他最终也得不到。”太后边说边哭。左右侍从都跟着哭泣。王舜也悲痛不已。停了很久，王舜才抬头问力舌：“我等已无话可说，只是王莽一定要得到传国御玺。太后，你难道能够永远不给他？”太后听王舜说得恳切，担心王莽威胁她，便拿出御玺，扔到地上，对王舜说：“待我老死后，你们全族兄弟将被屠灭！”王舜得到传国御玺呈献给王莽。王莽非常高兴，特地在未央宫渐台宴请太后，让众人尽情欢乐。

王莽托古改制而篡汉，这是汉代历史上的大事，也是借汉朝之旧尸，而拣还新朝“新魂”的典型事例。

## 刘秀兴汉

新莽天风年间，荆州、新市（今湖北京山）一带因自然灾害，饥民大增；加之王莽的倒行逆施，社会矛盾加剧，终于引发了号称绿林军的农民起义。地皇三年（公元22年），南阳郡春陵的豪强刘绩、刘秀兄弟，为西汉的皇亲宗室。由于王莽废除了汉宗室的封号，切断了荣升进宫的仕途，心怀积怨，便以“复高祖之业”相号召，联络地方豪强，并把宗族族人、宾客组成七八千人的军队，号称春陵军，参加反对王莽的新军，从而发展壮大起来。刘秀是一位颇具政治野心，又具政治谋略和胆识的政治家。他眼见绿林军的强大，很有发展前途，就劝刘缜暂时委身参加了绿林军，欲借农民义军的力量，击败王莽，恢复汉刘的宗室王朝。地皇四年（公元 23 年）二月，绿林军拥立刘玄称帝而复汉的更始政权建立后，刘缜当了大司徒，刘秀则任太常、偏将军。同年六月，在著名的昆阳之战中，绿林军消灭了新军的主力，接着推翻了王莽政权。在昆阳之战中，刘秀立了大功，刘缜又夺取了宛城。更始帝刘玄怕二刘兄弟势力超过自己，借他们与农民义军分庭抗礼之机，以违令之罪，杀掉刘缜。刘秀闻讯，施巧计，以退为进，赴宛城谢罪，以博农民军信任，被封为破虏大将军、武信侯，不久又行大司马事。不仅免死，而且升官。接着，被派往河北去招抚州郡。刘秀以计脱身，到了河北，犹如放虎归山，势力很快发展起来。次年五月诛灭邯郸的王郎，封萧王。河北地区的豪强势力归附于他，使势力大增。同年秋又收编铜马等农民义军，扩充实力称“铜马军”。不久，与绿林军决裂。建武元年（公元 25 年），刘秀在（河北柏乡）称帝，史称光武皇帝，接着定都汉阳，称为东汉。此后，他反手过来，镇压了绿林和另一支赤眉农民义军，用十二年时间，削平群雄，完成了中兴汉室的统一大业。

刘縯、刘秀兄弟为了实现政治目的，投身草莽；借农民义军的“尸”，消灭了王莽政权。然后又软硬兼施，东山再起，从而达到自己称帝复汉的“魂”。

## 刘备借荆州

三国时期，想雄踞一方的刘备，占据荆州的打算由来已久。早在诸葛亮的隆中对策中，便率先提出了要以荆州为根据地，方能称雄蜀地。所以刘备与孙吴联兵，在赤壁大败曹操之后，就抢先占据了荆州，欲图立足，以求发展。然而，荆州实乃刘表之地，刘备初来乍到，对当时的混乱局势，一时无法控制。正在一筹莫展之时，名士马良便对刘备献策说：“主公如果举荐刘表的儿子刘琦作荆州刺史，那么荆州人就一定会归顺的。因为刘表是荆州的故主，刘琦又是刘表的长子，子承父业，名正言顺。荆州百姓自然会心悦诚服。另外，刘琦继承父业，理所当然，孙吴也就没有索要荆州的借口了。”刘备听了此话，觉得很有道理。于是便举荐刘琦作了荆州刺史。而刘琦做了荆州刺史以后，荆州的形势和局面果然迅速安定了下来。后来，刘琦病死，刘备出任荆州牧，便长期趁机“借”踞了荆州，以作入川的基地和依托之处。

袭陈仓武侯取胜

刘备在施展“借尸还魂”之计，利机借占荆州时，主要手法有三个特点：一是乘虚，利用荆州军事力量上的暂时真空和空虚地位，拥兵去荆州，填补此一“空白”。二是趁乱，为安定荆州之混乱局面，首先借刘表之名（旧尸）之威之势；其次是用刘琦作刺史，子承父位，顺应民心，系念旧情，方能使民悦而安顺。三是“还魂”巧据。刘琦病死，刘备出任荆州牧，既顺理成章，又使民人不惊，更使孙吴无奈还之借口。为此，刘备所要企达的政治目标（还魂），即以荆州为根据地，便名正而言顺地实现了。

## 蒋介石的“借尸还魂”术

在中国现代史上，蒋介石统治中国大陆33年，居台湾15年。他曾出任过国民政府主席、国民党总裁、军事委员会委员长、总司令、总统等职。48年间也曾三度下野，汪精卫、胡汉民、林森也曾担任过国民政府主席，李宗仁曾代总统，但无论谁担任此职务，蒋介石都紧紧控制住军权。因此，蒋介石才是真正的统治者，蒋介石当然不敢借用汪精卫、胡汉民、李宗仁这些有雄心的人，所以，蒋介石一有机会总是把他们推下台，自己独掌大权。但蒋介石却让林森稳稳地当了13年有职无权的国民政府主席，这就有点借尸还魂的意思了。后来在台湾他选用软弱老实的严家淦出任副总统。目的是为蒋经国控制台湾铺平道路。果然蒋介石一死，严家淦只“过度”了一下，蒋经国就当上了总统。

## 信长的“借尸还魂”计

日本足利尊氏创立的室町幕府势力逐渐衰退，实权被家臣三好、松永掌握。第十五代将军足利义昭也被他们驱逐出京都。义昭不得已带着少数亲信去投靠战国大名。但是无论义昭到何处，大名们都认为他“无用”。1568 年 7 月，义昭离开越前一乘谷城的朝仓义景。7 月 25 日，投靠美浓的织田信长。狡猾的信长非但没有拒绝，反而高兴地迎接义昭的到来。两个月后，9 月 26 日，信长拥戴义昭进入京都。如果单靠信长，无论他的军队有多强，如同猛兽的战国大名们绝不允许他进入京都。但是，由于信长是“护卫原来京都的将军回京都。”所以连粗暴的三好、松永之徒也无话可说，难与在桶狭间会战（1560）和因攻打美浓（1567）而威名天下的信长军队作战。具有大义和实力的织田信长轻易地统治了天下。

天下战国大名们认为义昭将军“无用”，但是具有洞察力的信长则认为“正因为无用才会产生意外的效果”。

## 坎贝尔的弃船计

第一次世界大战中，1917 年 2 月，德国对协约国的航运发动了“无限制的潜艇战。”坎贝尔到一艘反潜艇的“Q－5”号船上担任船长。当时英国对付敌潜艇，采用的是伪装击敌的办法，坎贝尔上任后，也袭用这一故伎，将他的“O—5”号船的外观也改扮成一艘地道的商船。

一天，“O—5”号一如既往地在高运线上破浪前进。一名叫肯普的船员悠闲地在船桥附近的甲板上漫步。突然，他加快脚步，来到驾驶室悄声喊到：“右前方发现鱼雷航迹！”然后迅速走向炮位，其他船员听到肯普的喊声后，也迅速而镇静地走向掩盖着的战斗岗位。“砰”的一声巨响之后，紧随而来的是一阵剧烈的爆炸，一条鱼雷击穿了“Q—5”号船之号舱的舱壁。数分钟后，“Q—5”号上放下了二艘小艇和一艘尖头平底船，上面载满了准备“逃生”的幸存者。他们似乎是在豫恐慌乱之中“弃船”而去。

“O—5”号在徐徐下沉，“弃船”而去的船员在远处的水面上呆头呆脑地划着小船。坎贝尔透过船桅上的观察孔密切注视着这场正在展开的事先演练过的闹剧。时间一分钟一分钟地过去了，德国潜艇先是小心谨慎地在水下围着“O—5”号船绕动，直到后来，德国人认为“Q—5”号船真的要下沉了，便在其左弦附近浮出水面。坎贝尔看到对方指挥室的升降口打开了，德军艇长出现在舰桅上。于是，随着坎贝尔一声令下，“Q—5”号的大炮怒吼起来，炮弹接二连三地飞向位于三百码处的德国潜艇。第一发炮弹就准确无误地击中了潜艇舰桅，敌艇长应声倒下，命归黄泉。毫无戒备的德国人万万没想到这艘下沉的“尸”会突然“还魂”，只顾拼命逃避，根本不顾操纵甲板上的火炮，艇壳很快被击穿几个大洞。

## 日美二战斗智

1943年2月，日本总部命令小柳少将率十九艘驱逐舰急急驶向瓜达康纳尔岛，救援被美国军队围困在该岛残余日军。为此潜藏在拉巴维尔椰子林的日军密码破译队，把日军电台信号的音质、音重、音高、音长与美军警戒机的信号调得毫发不爽，制造一份假电报，准备迷惑欺骗美军，以假乱真，借尸还魂。2月7日凌晨3点40分，美军基地电台不断地呼叫着其在所罗门以北前线警戒的一号机，但是一号机未能及时答应。日军密码破译队的获本大尉立即冒充一号机与美军基地电台沟通联络，发去假电报。电文是：“发现日本的机动部队：航母2、战列舰2、驱逐舰10，方向东南，午前四时。”美军基地电台收到后，信以为真，立即毫无二致地转发给整个美军舰队。顿时，美军总部与其下属之间的通讯联络突然频繁起来了，急急忙忙调动机动舰队和航空兵力，忙得不亦乐乎，一片混乱。小柳便乘机接应岛上日军，溜之大吉。这是借美军密码之尸，还日军残军之魂。

## 借魂女英雄

在第二次世界大战中，法西斯德国统治下的荷兰人民不甘忍受侵略者的压迫，纷纷起来抵抗。在荷兰北部出现了一个颇有影响的秘密抵抗组织，给德军以很大打击。人们只知道这个组织是由一名叫“约翰尼·斯皮特法尔”的英国皇家飞行员领导的，有这样一个在与德国空战中负伤的战斗英雄领导，这个组织极有号召力。人们到处传颂着他的英雄事迹，却谁也没有见过这位英雄。他的所有命令、计划，都是由一对叫安妮的姐弟俩传达的，直到战后人们也未能见到这位传奇式的英雄。这位英雄为什么老是不愿让人见面呢？战后，盟军经过反复调查，才弄清了事情的真相。原来并不是什么英国皇家空军飞行员领导这个组织，这个给德军以极大打击的秘密抵抗组织的领导人恰恰就是安妮姐弟俩。

这是一个真正的借尸还魂的故事。

安妮姐弟的几个亲人都被德军杀害了，为此，姐弟俩决心为他们报仇，他们多次要求参加当地的抵抗组织，但因为他们年龄小，没有被接纳。姐弟俩不甘心，一直在寻找着报仇的机会。一天晚上，他们正准备出门，突然，弟弟被什么东西绊了一下，姐弟俩低头一看，只见一个身着英国皇家空军制服的飞行员浑身是血倒在家门口，姐弟俩急忙把飞行员抬回家，进行精心料理，并偷偷请医生给飞行员治疗，飞行员一直昏迷了好几天，由于失血过多，最终还是去世了。姐弟俩十分悲痛。为了便于掩埋，他们把飞行员的制服换下，换上了一套当地人的服装。弟弟一边整理飞行员的遗物一边不无遗憾地说："如果能把飞行员叔叔救活该多好，这样他就可以介绍我们参加抵抗组织了。"到底姐姐年龄大一些，听到弟弟这么一说，她立即想到飞行员虽然去世。但人们并没有见过他，何不利用飞行员的名义组织一个抵抗组织，向法西斯报仇雪恨呢？主意一定，他们立即收藏起飞行员的身份证和随身物品，秘密掩埋了飞行员的尸体，同时以"英国皇家空军飞行员约翰尼·斯皮特法尔"的名义联络抵抗战士。人们一听有一个身负重伤的英国皇家空军飞行员领导，纷纷参加了这个组织，一时间，"约翰尼"的指令通过姐弟俩传遍荷兰北部，人们在英雄精神的鼓励下，采取各种手段给德军以一次又一次的打击。

战争快要结束了，姐弟俩知道，一旦解放很快就会有人来查找“飞行员”。为了不暴露他们秘密，姐弟俩声称英雄飞行员在一次事故中不幸死去了。这样，这个传说中的英雄也就随之消失了。

果然，盟军解放荷兰后，立即开始查找这位“英雄”，姐弟俩出示了飞行员的证件和有关遗物，但验尸结果和姐弟俩所说的“发生事故死亡”的时间不符，由于人们谁也没有亲眼见过这个飞行员，也无法提供其证明材料，盟军有关调查人员觉得蹊跷，经过反复大量的调查，最终才弄清：原来真正的抵抗组织领导人并不是飞行员而是这对未成年的姐弟。为此他们受到了盟军的褒奖。

安妮姐弟利用已经死去的飞行员的名义，组织抵抗组织，鼓励人们同法西斯战斗，正是借尸还魂这一计谋的成功运用。

## 借秘方发财

传说唐朝年间，宰相魏征之母身患严重咳嗽病。令御医们头痛的不仅是其病难治，而且老年人吃药怕苦。御医经多次“开会研究”，遂用中药磨成粉和梨汁、冰糖熬制成膏，送与老夫人吃。药未吃完，其病已愈。梨膏糖后来成了宫廷秘方。

传说未必真实，而其药确有疗效。江苏常州天得堂梨膏糖店，依此“宫廷秘方”制成中成药，广为宣传，大获得成功。天得堂梨膏糖 1979 年被评为江苏省名优产品，1988 年获全国保健产品“金鹤奖”，畅销海内外。只因一个古代传说，帮助天得堂发了大财。

原先本不起眼的一个小企业，却能一下子发展起来，关键在于他们善于假借一切可以利用的条件，宣传自己才获得成功，这也要得利于他们的借尸还魂之计。

## “陈李济”二次定位

1983 年，刚恢复厂名不久的广州陈李济药厂打算筹备建厂 385 周年庆祝活动。他们为这次活动的广告宣传作出了一项定位——把药厂的知名度打向全国。

优势条件是：本厂历史悠久，在东南亚和欧美地区有着传统牌号声誉。

可钱怎么办？要举办这样一次大型活动，对于当时财力并不雄厚的陈李济药厂来说，是个大难题。

是篇好文章，就应该做到底，为什么不去找霍英

三十六计之借尸还魂

东呢？厂长梁越亲自策划了一次公关行动。

当时，香港知名人士霍英东正下榻在广州白天鹅宾馆。药厂派出了得力干将前去联系。他们采取了迂回战术，先把霍英东先生以全国政协常委的身份列在受邀为厂庆题词的中央领导的名单之内，然后再正式邀请。这一招显然使这位香港富豪的身份和政治地位得到了极高的尊重，他自然高兴非常，欣然命笔题词，并随之主动表示愿意联办陈李济厂庆活动，地点就选在他出资捐建的白天鹅宾馆。

1985 年 10 月 8 日，筹划近 2 年的陈李济药厂厂庆活动隆重举行，霍英东先生亲自出席致贺。这一下惊动不小，全国近 30 家新闻单位发了消息，该厂趁此良机在各主要新闻媒介推出“三百余年古方正药”——陈李济药厂的厂名广告。顿时，陈李济药厂名声大噪。厂庆活动期间同时举办了该厂产品展销，各地药材站和医药公司纷至沓来。几天功夫，陈李济药厂与各地单位签订了480万元的供货合同。

专家评论说。陈李济药厂围绕厂名定位所作的宣传活动，由于巧妙的运用了名人效应，促成大量新闻报道，实则免费广告。而这样的宣传效果要比同样面积、同样时间的广告效果要大10倍以上，可谓名利双收，本小利大。

1987年初，有人向厂里提议，举办一次“杏和堂（药厂商标）杯足球赛”。当时厂里正有一种专治各类缺铁性贫血的中药新产品制剂——血宝肠溶胶囊准备投产。经过衡量，厂领导认为把活动的定位放在打产品知名度更上算，不如就办一个“血宝杯小学生足球赛”！一来省市级队、大中学生已有各种杯赛，唯独小学生杯赛未有人“玩”过，此为独树一帜；二来正好响应“中国足球要从娃娃抓起”的号召，上合天时，下切民意；三来血宝新产品迎合消费者对健康的心理需求，对小学生的健康更有帮助，以此为名举办杯赛，能使新产品迅速打响。

1987年3月18日，以新产品“血宝”命名的“广州市血宝杯小学生系列足球赛”拉开帷幕，3 万多小学生参加盛会。这次活动历时 2 个月，参赛学校 230 所，运动员达 2000 多人。比赛吸引了全国 30 多家新闻单位，作了大量报导。连当时的广州市长朱森林都赞叹说：“陈李济做了廉价广告。”

这一届“血宝杯”赛获得了如下效果：

1. “血宝”制剂当年 4 月投产，由于杯赛后有效地打响了知名度，至当年 12 月便共获纯利润 78 万元。

2. 比赛结束后，以“血宝”的名义举办了“血宝”展销会，成交药品 1500 万元。

3. 陈李济药厂为杯赛出资 15 万元，但据估计，由于新闻单位大量报导，其广告价值超过百万元。

此后，该厂又分别于 1988 年和 1989 年连续举办了第二届和第三届“血宝杯”小学生足球赛，“血宝”制剂在这两年获得的纯利润分别为 140 万元和 230 万元，知名度进一步提高。

企业更名要重新打知名度，新产品问世要打知名度，底子薄、规模小的企业经费从哪里来？为此投资的不只陈李济药厂厂长梁越一个人，但陈李济药厂却为我们提供了一个花小钱做大广告的范例。其诀窍：一是借名人之“名”带起企业名声，此所谓“名人效应”；二是致力社会公益，借以为新产品树碑立传，此所谓“社会效应”。这二则效应的创造，可为广告促销术之经典作品。

## 电话号码的广告效应

电话号码本身虽然是个死的东西，但它一旦同某一事物联系想来，就如同给了它生命一样，因此，拥有一个简单、易行、吉祥又能同某些事物联起来的电话号码，其作用很不一般。

三菱电梯公司曾在上海《文汇报》上做过一幅这样的广告，三菱公司的电话号码最好记，已经改为“303030”。这一广告的策划者确实棋高一着，电话号码与公司的名字同音，只要记住三菱公司那么就能记住三菱公司的电话号码。反之，只要记住了这个电话号码就一定能记住三菱公司。

在30年代的上海，还有着这么一回子事，“祥生”出租汽车行的老板，花巨资买下“40000”这个电话号码，并向全上海各个角落广为传播，结果他一家的生意就将当时所有洋行的生意全都比了下去。

## 名人效应

巴黎城郊有一家饭馆，虽有上等美味佳肴，前来就餐者却寥寥无几，老板为此伤透了脑筋。一次，著名音乐指挥家斯托科夫斯基偶然来到这家饭馆就餐，老板大喜，随即用最好的服务和最低的收费款待他。指挥家饭后问道：“你为什么对我这样热情，我又不是付不起钱?”“我非常热爱音乐，”老板大声说，“为了音乐，我可以牺牲一切，欢迎您一日三次前来用餐。”斯托科夫斯基非常感动地走出饭馆，突然发现老板已不失时机地在橱窗里竖起了一块牌子，上面写着“请每天来本餐厅与伟大的音乐家共进早餐、午餐、晚餐。”由于指挥家的时常惠顾，不少红歌星、影星、笑星也纷纷被吸引进来，成了这里的常客。小餐馆虽然仍地处市郊，却从此名声大振。

## 一桩奇特的离婚案

广告宣传在今天是商品化对思维、对潜意识、对文化及欲望的渗透。当今广告设计人员都依据广告心理，在设计内容和形式上创新求异，各显神通。然而其随机应变能力当首推英国宇宙足球老板。他顺水推舟，利用机遇充分发挥了广告的社会宣传效果。一位中年妇女，在英国迈克斯亚洲的法庭上，和丈夫闹离婚，理由是她的丈夫有了外遇。

她一边哭，一边向法官诉说："我20岁嫁给他以后，他曾向我发誓，再也不和那鬼东西来往了。可是，结婚不到一个星期，他偷偷摸摸到运动场幽会去了。我警告他，他听不进去，我忍气吞声地过了20年，如今他已经50多岁了，照旧迷恋那个可恶的妖精。近来他的幽会越来越多，无论白天黑夜，他都要去运动场与那'第三者'见面。"在场旁听群众闻之无不为之动容。

法官问她："第三者是谁?"她爽快地说："'第三者'就是臭名远扬、家喻户晓的足球。"法官对他的控词啼笑皆非，只得劝说道："足球不是人，你只能控告生产足球的厂家。"谁知这位妇女果真向法庭控告一年生产20万只足球的宇宙足球厂。更出人意料的是：宇宙足球厂居然极愿意赔偿她"孤独费"10万英镑，让这位太太在法庭上大获全胜。

该厂老板对记者说："这位太太与其丈夫闹离婚，正说明我厂生产的足球之魅力所在。而且，她的控词正为我厂做了一次绝妙的广告宣传。"

## 推陈出新

天津市照相机公司经理梁庆晨说："创新要有科学的思想，这个思想就是永不满足于已经取得的成就；创新要有基本条件，这个条件就是有一批勇于探索富于创造精神的人才；创新要面向广阔的领域，最广阔的领域就是别人尚未涉足的事业。"

在阿拉伯国家，虔诚的穆斯林每日祈祷，无论居家、族行，都守日不辍。他们在祈祷时，一定要跪拜在地毯上，而且必须要面向圣城麦加。

玄德用计取樊城

根据这个特点，1984年一个名叫范德维格的比利时地毯商巧妙地将扁平的指南针嵌入祈祷地毯。指南针指的不是正南正北，而是麦加。这样，伊斯兰教徒不管走到哪里，只要把地毯往地上一铺，麦加方向顷刻之间便可准确地找到。新产品一推出，在有穆斯林居住的地区，立即成了抢手货。1984年年初以来，范德维格在中东和非洲卖掉了25，000块这种新型地毯。

范德维格并不满足已取得的成功。现在他在非洲又搞出了新花样：织有领袖头像的小壁毯。他发现，在非洲的党政机关里总要挂元首照片的。由于气候的湿热，照片易发生变形。他还统计了一下，一个非洲总统平均在位10年到15年。根据照片织成壁毯岂不既美观又耐久？销路么？不用发愁。他已经制成了带有博瓦尼（象牙海岸）、迪乌夫（塞内加尔）、比亚（喀麦隆）头像的壁毯，下一步将织孔德（几内亚）的、蒙博托（扎伊尔）的头像。像这样的壁毯，只要卖掉5000块，便可以收回研制费了。他制的阿拉法特头像壁毯，在阿拉伯国家，已经卖掉了3万块。范德维格的地毯壁毯不落俗套，一反常规，把指南针和地毯、领袖像和壁毯结合起来，不但满足了现实和潜在的消费需要，而且开拓、占领了市场，增加了盈利。

用上述经营谋略，关键在于对市场因素进行分析，探索个性市场，使企业（或产品）有别于竞争对手，以奇制胜，适时推出；具有特定功能的差别产品。这就要求经营者特别是决策者，具有对市场个性等因素的敏感性和洞察力，具有广博的多学科知识。

## 特别地点签订合同

一家日本公司想与另一家公司共同承担风险进行经营，但困难的是，那家公司对这个公司的信誉总不大相信。为了解决这个问题，公关人员安排了一个特别的地点，请两公司的决策人会面。这个特别的地方有一座狗的雕塑。关于这个狗的雕塑还有个传说故事。故事中有一只名叫“巴公”的犬，对主人非常忠诚。有一次主人出门未回，这只狗不吃不喝，一直等到死，后来人们把它称为“忠犬巴公”，把它当成了“忠诚和信用”的象征，并在这传说的地方为它塑了像，所以许多人为了表示自己忠诚和信用，就把这里作为约会地点。当两个公司的决策人来到这里时，彼此都心领神会，合同就这样顺利签订了。足智多谋的公关人员针对对方有些疑虑的心理，采取巧妙的措施，使问题迎刃而解。

# 铁臂阿童木和卡西欧

国外的公司和企业赞助文化娱乐活动，给广大公众留下了深刻印象。日本卡西欧公司赞助播出的电视连续剧“铁臂阿童木”就是成功的一例，其宣传对我国观众、尤其是青少年形成了深刻的影响，一时间“卡西欧”一词广为流传。阿童木几乎成为我国青少年观众人人熟悉的形象，同时又在电视和报纸广告中担任着反复推销卡西欧产品与公司形象的角色。这种经过精心构思的专门性活动，有效地将广告和公共关系活动巧妙地结合起来，在屏幕上塑造的代表正义和科学的阿童木形象，是与卡西欧标榜的科技领先、质量可靠的形象相一致的，容易引起公众对二者之间的联想，起到了强烈的暗示作用，加上连续不断的反复播映和宣传，从而取得了建立企业形象与信誉的显著效果。这个案例的特点在于：宣传争取了传播机构和广大公众的注意，争取了对自己报道的有利时机，力争优先报道、连续报道、在显著地位报道；同时选择了突出的节目主题，宣传广告标题醒目，令人过目不忘，色彩相宜，在声音、画面、音乐配合上极为协调一致，非常吸引人，符合公众的心理，控制着人们的情绪，把商品宣传与公关艺术有机地结合起来，调动了人们的喜爱、厌恶等情绪，使得公众在获得艺术和精神享受的同时，了解商品的特征，对其产生良好的印象，从不熟悉到深入地了解和支持，进而产生购买行为。其宣传的确不同凡响。

## 捉贼有术

法国记者安娜在东京的地铁车厢里丢了一个钱包。她在地铁列车停稳后第一个跑出车厢，焦急地对警察说：“先不要放人出站！我的钱包丢了，请你们帮我查一下。”

警察对安娜的遭遇深表同情，但看着蜂拥走出车厢的人群，无可奈何地说：“这站是终点站，暂不放人出站没什么问题。不过，总不能对每一个旅客都进行搜身吧！”

安娜语气坚定地说：“不用搜身，只要让男人们脱下鞋子，查看一下脚背，就能找到扒手。”

“这是怎么回事？”

“刚才我在扒手的脚背上狠狠地踩了一脚，上面一定会留下我的鞋跟印迹。”

原来，安娜当时在车厢时觉得身后的一个男人将一只手伸向她的胸部。她知道如果自己叫喊，就有可能吃刀子。她急中生智，装作被前面的人拥了一下，狠命地向后踩了一脚。

警察依照安娜的提议，让男旅客集中在出口处，并一一脱鞋检查。果然发现有一个男人的脚背上有一块红肿，其形状与安娜的高跟鞋后跟形状吻合。警察在他的身上真的搜出了安娜的钱包。警察好奇地问安娜："当时你踩了背后男人一脚，怎么能断定他是扒手，而不是一般乘客呢？"

安娜微笑地答道："我那一脚如果踩了别人，那人一定会大喊大叫，说不定还会臭骂我一通。但是，被踩者默不作声，这说明，他就是扒手，因为怕暴露他的偷盗行径而不敢声张。"安娜在扒手的脚上踩了一下，以此作为记号，终于使扒手落入法网。凭脚上的印迹来识别扒手，实质上属于借尸还魂之计。

情急之中，安娜无法通过其他方法识别凶手，于是只好顺势向后踩一脚，若那人叫喊可能就不是凶手，而那人不出声，便一定是凶手。以这一脚的印迹为线索，警察查到凶手，这是"借尸还魂"亦是"按图索骥"。

## 盛田昭夫礼遇英国皇帝

日本的企业家是极善于与世界各国的头面人物打交道的，这可能与他们的“贸易立国”这一国策有关。

名震一时的索尼公司董事长盛田昭夫，就是利用一次天赐良机，成了威尔士亲王等英国皇室显贵的座上宾。

1970年，英国威尔士亲王到日本参加国际博览会，英国大使馆委托索尼公司在亲王的套间里安一台电视机，索尼公司以其高质量的服务使亲王大为满意。

在使馆举办的招待会上，盛田昭夫经人介绍认识了亲王。亲王对索尼公司提供的方便深表谢意，并流露出若盛田昭夫决定在英国开办工厂，不要忘记设在亲王的领地上。

盛田昭夫不久果然去了英国。经过调查了解，他决定把企业扩展到这里。在公司的开工盛典上，盛田昭夫请威尔士亲王大驾光临。为了感谢亲王的光顾，他让人在厂门口树起了一块纪念匾，以示永远铭记。

80年代伊始，这家工厂决定扩大生产，盛田昭夫再次邀请威尔士亲王前来助兴。亲王因日程安排已满，派戴安娜王妃前往。王妃此时正有孕在身，盛田昭夫更是鞍前马后照顾周到，让王妃巡视工厂时戴上了工作帽，帽子却用大字写上“索尼”二字。

随着摄影师们的“咔嚓”声，英国各界和世界各地都知道王妃参观了索尼在英国的分厂。

为了感谢王妃这次带孕参加工厂的盛典，盛田昭夫又命人立了一块纪念碑。

从此以后，世界各地到此一游者，都可以通过“匾”啦“碑”啦，了解索尼公司的历史，活生生地再现其主人与英皇室的友谊，如此一来，对皇家的尊重不就带给了索尼吗？

## 死地求生

在兵法中有“绝地求生”一说，其意是处在极危险境地中的人必将竭尽全力拼搏，才能有生存的希望。在企业经营中，对于衰落期产品或连年亏损的企业，要善于“借尸还魂”，要改转适销对路的产品，要改革企业的管理，哪里有生机就往哪里转，绝不犹豫。在这个方面，菲利浦是成功的一例。

菲利浦是荷兰一家电器公司，创建于荷兰的埃因候温市，是 1891 年由菲利浦的赫拉得与安顿两兄弟创立的。最初，它只是一家生产电灯泡的小厂，全厂 20

多位职工全是菲利浦家中成员。经过 90 多年的发展，菲利浦公司今天不仅是荷兰电子、电气工业最大的垄断企业，亦是整个资本主义世界电子、电气工业最大的垄断组织之一。它在 65 个国家和地区设有子公司，

司马微再荐名士

其中在 50 个国家设有工厂 200 多家，共拥有职工 34 万多。其近年销售额一直居欧洲电子工业公司的首位，达 200 亿美元左右。

菲利浦公司的发展史上曾经历过 3 次生死关口。创建之初，公司的经营相当艰难坎坷。主持公司的是长兄赫拉得，是一位电气工程师。但在经营管理上却是“门外汉”，产品打不开销路，工厂连年亏损，债台高筑。

1895 年正当公司面临清盘倒闭之际，赫拉得让位

给其弟安顿主持该公司。安顿是个善动脑筋的人，而且具有经济眼光。他亲自出马进行产品推销工作，工厂的生产和技术管理交由哥哥负责。他通过报刊的消息了解到当时俄国刚开始普及电灯，立即捕捉住这一重要信息，迅速带着灯泡样品赶到俄国去，经过反复地走访上门，终于在彼得堡接到5万个灯泡的订单。他急速地打电报给哥哥备料生产。赫拉得收到弟弟的电报后深感怀疑，拍回电报查问“是否5千个之多”。哥哥的怀疑是有依据的，因为自从菲利浦公司成立以来，每年生产的灯泡不过5千个。从打开俄国市场之后，安顿相继又将本公司产品销向其他欧洲国家。从此，菲利浦公司大步向前，到1912年，公司改名为菲利浦电器公司，不仅生产电灯泡，还生产其他电器、电讯设备等。

第一次世界大战发生后，一场世界性的经济危机，使菲利浦也不能幸免，陷入了奄奄一息的垂危之中。兄弟俩几经奋力撑持，菲利浦才勉强生存下来。

正当菲利浦电器公司恢复元气、重振旗鼓之时，第二次世界大战的战火烧到荷兰。1940年5月荷兰被德军占领，猛烈的轰炸，使菲利浦的厂房设备所留无几，刚接任董事长不久的布利兹。菲利浦被捕入狱。

战后，布利兹被释放了，他率领家人及部分职工：

重建菲利浦家园。他大力吸收发达国家的资本和先进技术，并按产品建立分门别类的生产部门，在董事会下面成立经理局，统一领导生产，研究新技术新产品和推销策略。经过这一系列的努力，到50年代中期，菲利浦公司已成为荷兰的3大超级企业之一了。从70年代起，该公司大量增加科研经费，发展高科技产品，以电子计算机等更新产品争占市场，用电视机、录像机与世争雄。现在菲利浦的名字已远播世界。

## 斯塔克的派生术

美国经历百年风化的自由女神铜像翻新后，现场存在200吨废料，既不能就地焚化，也不能挖坑深埋，清理装运到相距甚远的垃圾场，费用又昂贵。这时，一个名叫斯塔克的人自告奋勇地承包了这件苦差事。他对废料进行分类，把废铜皮改铸成纪念币，废铜铝做纪念尺，水泥碎块整理成小石碑，把朽木泥巴装在玲珑透明的盒子里，让大家选购作为最有意义的纪念品。这样一来，赋旧以新，一文不值的、难以处理的垃圾，顿时身价百倍，人们争相选购，200吨废料被一抢而光，斯塔克也由此大获其利。

# 肥皂商的发展之路

福勒是美国一位黑人佃农七个孩子中的一个。他决定选择经商作为生财的一条捷径，而他后来选择经营肥皂。他就挨家挨户出售肥皂达 12 年之久。后来他获悉供应他肥皂的那个公司即将拍卖，售价是 15 万美元。他决定买下这家公司，他在过去 12 年的经营中，一点一滴地积蓄了 2.5 万美元。最后双方达成协议：他先交 2.5 万美元的保证金，然后在十天的限期内付清剩下的 12.5 万美元；如果他不能在十天内筹齐这笔款子，就丧失已交付的保证金。

刘玄德三顾草庐

福勒在他当肥皂商的 12 年中，获得了许多商人的尊敬和赞赏。现在他去找他们帮忙了。他从私交的朋友那里借了一些款子，也从信贷公司和投资集团那里获得了援助。

福勒回忆说："当时我已用尽了我所知道的一切贷款来源。那时已沉沉深夜，我在幽暗的房间里自言自语：我要驱车走遍第 61 号大街。"

夜里 11 点钟，福勒驱车沿芝加哥 61 号大街驶去。驶过几个街区后，他看见一所承包商事务所亮着灯光。他走了进去。在那里，在一张写字台旁坐着一个因深夜工作而疲乏不堪的人。福勒意识到自己必须勇敢些。

"你想赚 1000 美元吗?"福勒直截了当地问道。

这句话把那位承包商吓得向后仰去。"是呀，当然!"他答道。

"那么，给我开一张 1 万美元的支票，当我奉还这笔借款时，我将另付 1000 美元利息。"福勒对那个人说。他把其他借款给他的人的名单给这位承包商看，并且详细地解释了这次商业冒险的情况。

那天夜里，福勒在离开这个事务所时，衣袋里已装了一张 1 万美元的支票。以后，他不仅在那个肥皂公司，而且在其他七个公司，包括四个化妆品公司、一个袜类贸易公司、一个标签公司和一个报馆，都获得了控制权。

福勒成功了，这很大程度上归功于他冒险的勇气与他的自信心。假如他没有寻找到这灯光呢？假如他没有勇气去向这个陌生人求助呢？那他也许就要彻头彻尾地失败了。借尸还魂是一个好的计谋，但这也同样需要勇气。请记住：成功总是属于那些有勇气的人。

## 温情聚员工

得克萨斯州一家著名的电视厂经营不善，濒临倒闭。老板焦思苦虑，最后终于决定请日本人管理这家工厂。日本人来到这家工厂之后，所采取的两项措施看似一些“雕虫小技”，但令美国人惊讶不已。第一，新任经理把职工召集在一起，不是指责嘲笑他们，而是邀请他们聚首喝咖啡，还赠送给每人一台半导体收音机。经理说：“你们看看，这么脏乱的环境里怎么生产呢？”于是大家一齐动手，清扫、粉刷了厂房，使工厂的面貌为之一新。第二，经理一反资方与工会对立传统，主动拜访了工会负责人，希望“多多关照”。此举使工人们很快解除了戒备心理。经理不仅雇请年轻力壮的人，而且把以前被厂解雇的老工人全部召集回来，重新雇用。这样一来，工人们的感恩戴德之心油然而生，生产效率急转直上。7 年后，这家由日本人管理的美国工厂，产品的数量和质量都达到历史最好水平。有时一些看似不起眼的小措施往往能化腐朽为神奇，起到“借尸还魂”的功效。

## 火柴广告

日本丰田汽车公司的椎名保久，发现在生意场合人们常用火柴替对方点烟，然后把火柴留给对方。于是他特制了一种火柴，在上面印上自己的名字、公司的电话号码和地图。一盒火柴有 20 根，每点一次，名字、电话和地图就出现一次，而且一般抽烟者通常都是在兴奋或困惑时才抽烟的，习惯凝视火柴来思考。因此，这种“无意识的注意”就给对方留下了特别深刻的印象。椎名保久认为一盒小小的火柴虽不起眼，但发挥的作用却很大，假如一个地方放 20 盒火柴，那么名字、电话和地图也就等于重复 400 次。椎名保久正是利用小小的火柴使推销获得了成功。事实上，有许多购买丰田车的用户都是看到火柴盒上的电话号码，打电话询问后，才决定购买丰田汽车的。

火柴广告显然不如报纸、电视有时效性，市场不固定，也无法细分促销对象，对顾客的影响力小。但是，尺有所短，寸有所长，它与其他媒介比较有不可比拟的优越性：价格低廉，一盒仅 4 到 8 分钱；覆盖面广，几乎家家都有；一盒火柴 20 根，每用一次都强化视觉效果。这种“细水长流”式的广告显然有广阔的潜在市场。事实证明，火柴虽小，却以辐射面广见长，并且可以有意识地控制销售区域，进行有目的的宣传。

## 双重身份的游客

在日本全国各地，每天都有一批到居民家中兜售货物的中青年妇女，这批人总数有 8 万之多，她们推销的主要是妇女穿的套裙、泳衣、衬裤、短袜这类货品。她们是专门销售女用内衣的查尔斯公司雇用的。

从 1988 年开始，公司以免费旅游作为酬劳来报偿这批售货女郎。公司出差旅费让她们到日本国内和世界各地的旅游点，而她们则旅游兼推销，办货，到处招摇过市，多路“出击”，分散到各处上门送货求售。1989 年，第一批 795 名妇女的旅行队伍去了香港，第二批去的有 1428 人。1990 年，有 2000 多售货女郎被送到夏威夷去领略在海滩上和海浪中休假的滋味。1991 年，4512 名女游客被送往悉尼度假。这个人数空前的旅游队伍由 36 架喷气飞机，分 4 次才送完。公司的发言人宣称：1993年，我们将把6000名妇女送到夏威夷去游览观光。

女游客们大都是中年家庭妇女，离开家人与同事们结伴旅行是非常难得和惬意的机会。她们推销的效益也非常明显。去年的各种内衣总售额达3亿美元，赢利1400万美元。

虽然查尔斯公司拿出一笔钱让她们去悉尼等地方度假，平时还要开工资给她们，这一项一年大体开销总数达300多万美元。但是，面对节节上升的销售量，谁又能说这种派女游客的做法划不来呢？

## 明星未必施美人

在人们的印象中，广告模特或广告明星一般都是年轻貌美、引入注目的俏丽女性、健壮男儿。然而，法国的明星洗衣机厂一破常规，摒弃过去用妖艳女性作产品广告的做法，选聘了一位从童年时代就用木槌洗衣服谋生的老妇人作广告模特。这位老妇人皱纹丛生的脸庞，身着粗布的躯干，给人以阅历丰富、朴实可信之感，配以她自己脱口而出的一句心里话：“嘿，这家伙真行！”从而使明星公司的洗衣机广告一举成功，从无名小厂跃居为法国同行业的第二位。

明星企业此广告之所以获得成功，主要是广告设计者的独特构思和返朴归真精神的必然效应。由于过去的产品广告一律聘请漂亮的女人示范，因而当人们收看电视广告或翻阅彩色广告时，往往把注意力集中在欣赏女人的漂亮容貌和时新装饰，而忽视收视、观看广告中介绍的“主角”——企业的产品。即使注意到产品，往往不能入目入耳，因而影响广告的宣传效果和产品知名度；同时，人们对广告中美女之类的过分做作，也会产生俗气的感觉甚至对产品广告的可信程度产生怀疑，这不能不影响产品的销路。那些风马牛不相及的美人与产品，不仅难以收到应有的宣传效果，而且容易分散人的注意力，进而扼杀效果。

# 第十五计　调虎离山

**【原文】**

待天以困之，用人以诱之，往蹇来反[1]。

**【注释】**

①往蹇来反：语出《易·蹇》卦："象曰：蹇，难也，险在前也。见险而能止，知矣哉！""象曰：往蹇来反，内喜之也。"孔颖达疏："进则入险，故曰'往蹇'；来则得位，故曰'来反'。"意为前进会有危险；让对方来，于我有利。

**【译文】**

等待自然条件对敌方不利时再去围困它，用人为的假象去诱骗它。向前进攻有危险，那就想办法让敌人过来攻我。

**【按】**兵书曰："下政攻城[1]。"若攻坚，则自取败亡矣。敌既得地利，则不可以争其地。且敌有主而势大：有主，则非利不未趋；势大，则非天人合用，不能胜。

汉末，羌率众数千，遮虞诩[2]于陈仓崤谷[3]。诩军不进，宣言上书请兵，须到乃发。羌闻之，乃分抄旁县。诩因其兵散，日夜进道，兼行百余里，令军士各作两灶，日倍增之，羌不敢逼，遂大破之。

“兵到乃发者”，利诱之也；日夜兼进者，用天时以困之也；倍增其灶者，惑之以人事也。

**【注释】**

①下政攻城：语出《孔子兵法·谋攻篇》，原文为“其下攻城”，意为下策是攻城。

②虞诩：东汉陈国武平（今河南鹿邑西北）人，字升卿。历官郎中、武都太守、尚书仆射、尚书令等职。

③陈仓崤谷：在今陕西宝鸡东。

**【译文】**

兵书说：“攻击城堡和要塞，是下策。”倘若攻城夺塞牢不可破，那是很危险的事情。敌人既然占据有利地形，就不要去争夺；而且敌军兵力很大，已经有了临战的准备。敌方虽有准备，如果不以利诱，就不可能前来攻我；敌方虽然兵力强大，如果不把自然和人为的条件结合利用，也就很难打败它。

东汉末期，虞诩奉命平定叛乱，进军至陈仓崤谷，突然遭到数千羌兵的袭击。虞诩立刻停止进军，扬言上本求救，等援兵到来再走。羌兵听了，想掠取财物便分散到邻县去了。虞诩因羌兵分散，乘机前进，不分昼夜，急行一百余里。每次驻军，下令士兵逐日加倍增修炉灶。羌兵看到，以为援兵已来，不敢发动攻击。于是，虞诩赢得了时间，并掌握了主动权，展开兵力，打败羌兵，平定了叛乱。虞诩扬言等待援兵，是以利诱办法，促其分散掠夺；日夜急行军，脱离敌兵，是造成羌兵在时间与空间上的被动；加倍增灶，是迷惑羌兵而迟滞其军事行动。

**【计名探源】**

此计语最早出现在明朝吴承恩写的《西游记·五十三回》中：(孙大圣)：“……我是个调虎离山计，哄你出来争战，却着我师弟取水去了。”

在明朝冯惟敏(《海浮山堂词稿·二上·玉芙蓉·嘲赠（其二）》）中有“使不的调虎离山计，当不得将军八面威。”

**【评语】**

“调虎离山”原意是用以比喻为了便于行事，设法引诱别人离开原地。《西游记》第七十六回：“……正中了我的‘调虎离山’之计。”《三国演义》第十七回：“操密谓玄德曰：‘君令汝屯兵小沛，是掘坑待虎之计也。’”这与本计略有不同。本计用在军事上，是一种调动敌人的谋略。也就是说，如果敌方占据了有利地势，而且兵力众多，防范严密，这时，万万不可硬攻。正确的方法应为以计相诱，把敌人引出坚固的据点；或者，把敌人诱入对我军有利的地区，从而聚而歼之。此计与“引蛇出洞”有相同之处。

古代兵书上说：“攻城是下策。”倘若不问条件硬攻，那是自己寻求失败。敌人既然占据了有利地形，就不要拼死力去争夺，况且，敌军兵力很强大，又已经做了临战的准备。敌方有了准备，如不以利相诱，它就不可能前来攻击；敌方兵力强大，如果不把自然和人为的条件结合利用，也就很难将它打败。

**【战例】**

## 伍子胥“调虎离山”除强敌

春秋后期，吴国的公子光（即后来的吴王阖庐），早就想除掉吴王僚，由自己取而代之，成为名符其实的吴王，实现霸业。但是因吴王僚有三个骁勇剽悍的儿子时刻在身边保驾，作为左膀右臂，使人难以下手。所以他只能暗自着急，伺机复出。由楚国亡命吴国的伍子胥，“其状伟，长一丈，腰十围，眉间一尺。”是一位足智多谋，善用诡谋的勇士，他不但看出了公子光的心思，而且暗中活动，创造条件，等待时机，打算帮助他。这时正赶上楚国的楚平王因为内外交困而死去，楚国更加动乱不安，正是吴国乘乱取利，实现霸主之业的最佳时机，是分散吴王僚及其诸子的最好借口。于是伍子胥便对公子光说：“如果你向吴王僚建议，乘楚国发生混乱危机的时候，向他们发动进攻，吴王僚认为不费吹灰之力，灭其国，掠其财，夺其民，占其国，一定会同意的。然后你借口自己的脚被扭伤了，再建议吴王僚派他的儿子掩余和烛庸带兵前往，轻而易举，不费举手之劳荣立赫赫战功，他的两个儿子依恃骁勇气盛，决不会轻易放弃这样的良机，就会远远离开他。同时建议派他的另一个儿子庆忌出使郑国和卫国，游说说服他们一起参加伐楚，这样一条计策，就可以去掉吴王僚赖以淫威横行的三个羽翼，分其势，夺其气，驾空他，剩下一个吴王僚无论多么精明过人，足智多谋，善于用计，但毕竟势单力弱，丧失依托之盾，就很容易对付了。”吴王僚听信了公子光的建议，认为这是千载难逢的机会，把三个儿子全都委以重任派遣赴命。公子光认准利用这个机会，在伍子胥的精心策划布置下，刺杀吴王僚成功。自己顺时登极为王。吴王僚的三个儿子知道等待他们的是什么样的结局，不敢回来，只好亡命他国，成为丧家之奴。

伍子胥认为，吴王僚同他的三个儿子在一起时，人多势众，就好像是四条猛虎，仅凭公子光个人拥有的力量根本无法与之抗衡明斗取胜，只能分其势，各个击破才有战胜敌手的可能性，所以他用“调虎离山”计以“伐楚”、“复仇”之名为诱，将三只老虎“调”走，不但达到群虎“分其势”的目的，而且使虎王势力大减，使之由强变弱，最终使公子光顺利登上王位。

## 鲁仲连取聊城

战国后期，燕将乐毅攻下齐国七十多座城后，由于中了齐国田单的反间计，乐毅被换，反被齐国打败。当时，田单打败燕军，收复了齐国丢失的 70 多座城，只有一座聊城没有收回。田单无计可施，就请鲁仲连出谋划策。

鲁仲连了解到死守聊城的燕将乃是因为燕王要杀头才坚守聊城的。于是鲁仲连写了封信用箭射入聊城，守城的士兵就把信交给燕将。信中大意道：“聪明人应见机行事。如今您只顾一时，不失为燕国臣子，而死守聊城，这对于齐国并没有好名声，而您也不可能守住城，子孙后代也不会称赞您，如此看来您是不聪明的。当今生死荣辱之事您可要慎重选择啊！我听说齐国报仇正不惜代价地打聊城，而燕国正在大乱，燕君正受到天下人的耻笑。而聊城内，已无军需，而将士们却无叛变之心。这样的军队是好样的！能无敌于天下的。我为您着急不如收兵，离开聊城，回国见燕王。燕王见到您保全的军队与战车，一定十分高兴。百姓会感念您，朋友们会尊敬您。您这样作，可以上辅君王，下抚百姓。有名又有利，何必死守聊城呢？”

燕将看完信后，权衡利弊，觉得鲁仲连讲得有理，连夜撤兵离开了聊城。

鲁仲连以“调虎离山”之计，一封信使燕将撤兵，不费一兵一卒取下聊城，这是“调虎离山”计的最优形式。

## 刘邦擒韩信

汉高祖六年（前 201 年）十月，有人上书报告楚王韩信要谋反。刘邦便征求将领们的意见，大家都说：

“趁早发兵，把这小子活埋算了！”高帝默然不语。接着又询问陈平，陈平说：“有人上书告韩信谋反，这事韩信知道吗？”高帝说：“不知道。”陈平说：“陛下的精锐部队与

战长江孙氏报仇

楚王的部队相比谁更厉害呢？”高帝道：“超不过他的。”陈平说：“陛下的将领们，用兵之才有能比过韩信的吗？”高帝道：“没有赶得上他的。”陈平说：“现在军队不如楚国的精锐，将领又比不上韩信，却要举兵攻打他，这是逼他起兵反抗呀。内心真为陛下捏了一把汉！”高帝说：“那该怎么办呢？”陈平说：“古时候天子有时巡视诸侯辖地并会见诸侯。陛下出来视察，假装巡游云梦，在陈县会见诸侯。而陈县在楚国的西

部边界，韩信听说天子心怀好意会见诸侯出游，必定是全国平安无事，一定会到郊外迎接陛下。拜见时陛下就趁机捉住他，这不过是一个力士就能办到的事罢了。”高帝认为说得对，便派出使者去通告诸侯到陈县聚会，说：“我将南游云梦。”随即起程南行。楚王韩信听到这个消息后，颇为疑心害怕，不知怎么办才好。这时有人劝韩信说：“杀了钟离昧去谒见皇上，皇上必定欢喜，这样就不会有什么祸患了。”韩信听从了这个建议。十二月，高帝在陈县会见诸侯，韩信提着钟离昧的头颅拜见高帝。高帝即命武士将韩信绑起来，装载到随皇帝车驾出行的副车上。韩信说：“果然如同人们所说‘狡猾的兔子死了，奔跑的猎狗必遭煮杀；高飞的鸟儿死了，精良的弓箭定被收藏；敌对的国家攻破了，谋臣就要灭亡。’如今天下已经平定，我本来就应当被煮杀了！”高帝说：“有人告发你谋反。”随即用镣铐枷锁锁住韩信而归，接着大赦天下。

田肯前来向高帝祝贺说：“陛下擒住了韩信，又在关中建都。秦地是形势险要能够制胜的地方，以河为襟带，以山为屏障，地势便利，从此以后对诸侯用兵，就好像在高屋脊上倾倒瓶中的水那样居高临下而势不可挡了。若说齐地，东有琅邪、即墨的富饶物产，南有泰山的峭峻坚固，西有浊河的险阻制约，北有渤海的渔盐利益，土地方圆二千里，拥有雄兵百万，可以算作是东方的秦国了，因而不是陛下嫡亲的子弟，没有人可以去统治齐地的。”高帝说：“对啊！”随即便赏给田肯五百斤黄金。

高帝归还，到了洛阳后就赦免了韩信，封他为淮阴侯。

由此可见，不管韩信是否有谋反之心，只要刘邦能够控制住韩信，他就可以稳坐江山，从而避免更大的战争发生。所以这条“调虎离山”妙就妙在这里。

## 陈平智解荥阳围

汉中三年，刘邦对陈平说：“天下纷扰混乱，到什么时候才能安定呀？”陈平说：“项王身边刚正不阿的臣子，也就只有亚父范增、钟离昧、龙且、周殷几个人罢了。大王您如果能拿出几万斤黄金，施用反间计，离间楚国的君臣关系，使他们内心互相猜疑，而项羽的为人原就猜忌多疑，易听信谗言，这样一来，他们内部必定会自相残杀，我们就可乘机发兵去攻打他们，楚军就一定会被打败。”汉王说：“此话有理！”便取出黄金四万斤交给陈平，任凭他任意活动，不过问他黄金的使用情况。陈平于是用重金雇请间谍到楚军中进行离间活动，放出消息说：“各位将领如钟离眛等人为项王领兵打仗，功劳卓著，但是却终究不能分得一块土地而称王，因此他们便想与汉军联合起来，借此灭掉项氏，瓜分楚国的土地，各自为王。”项羽果然有所猜忌，不再信任钟离眛等人。

夏季，四月，楚军在荥阳围攻汉王，形势紧急。汉王向项羽请求议和，把荥阳以西的地区划归汉国。但范增却劝项羽火速攻打荥阳，汉王为此忧心忡忡。这时项羽派使者前往汉王处，陈平备置了丰富盛大的宴席，款待楚国的使者，一见到楚使，就假装惊诧地说：“我还以为是亚父的使者呢，原来竟是项王的使者啊！”随即将酒菜又端了出去，改换粗劣的饭菜送给楚使食用。楚使回国后，就把这些情况原原本本汇报给了项羽，项羽果然又对范增大加猜疑。范增想要加紧攻下荥阳城，项羽既不信任他，又不肯听从他的意见。范增听说项羽对他有怀疑，便怒气冲冲地说：“天下事大体上已有定局了，您自己去干吧，只是希望能准许我辞职回家！”于是范增踏上了归途，还没有到达彭城，就因背上毒疮发作而死去。陈平一条小计，断送了范增的性命，不费吹灰之力，砍掉了项羽这只猛虎的一条臂膀，不但达到了削弱孤立项羽联盟的目的，而且，从此以后，项羽的霸业，如同江河日下，日暮途穷，再无起色。

范增死后，项羽痛定思痛，深刻反省，醒悟中了刘邦的反间计与调虎离山之计，但悔之晚矣。他决心踏平荥阳，将刘邦碎尸万段，以报亚父之仇。于是召集大将钟离昧等人，好言相慰，并嘱他们着力攻城，立功候赏。诸将果然身先士卒，奋力攻城，一时荥阳再次告急。韩信援兵迟迟不到，荥阳朝不保夕。张良、陈平决定：先救刘邦出城，入关收集散兵，留御史大夫周苛、魏豹、枞公死守荥阳，再会同韩信所部围攻项羽。于是陈平诸人又巧用项羽急擒刘邦的心理，智诳楚军，调虎转向离山，起死回生，回天有术的计谋。

面对楚军日益猛烈的攻势，陈平等人一方面将形势之危急向诸将和盘托出，激励诸将誓与孤城共存，抵御楚兵，另一方面与张良密谋后，对汉王说："请大王速写一封投降信给霸王，约霸王在东门相见。霸王定会把他的大军布置在东门，我再想办法把西、北、南各门卫士引到东门口来，大王就可以从西门冲出去了。"

这时汉王帐下的将军纪信，认为与其死守孤城，不若突围求生。要想突围，惟一的办法是找一个人假作汉王，只说出城投降，好叫敌人无备，让汉王乘乱冲出包围。纪信悄悄来到汉王帐下，言愿假代汉王，去诳骗楚军，请汉王组织人马突围。陈平等人认为此计可行，但必须周密策划，要有其他伪装作掩护，三计并施，才能蒙蔽项羽，乘乱突围。于是翌日，天还未亮，汉军便开了东门，陈平差遣2000妇女，一批又一批地从东门出去。楚军闻讯围攻上来，竟见全是些手无寸铁的女人，谁也不好意思刁难，只好闪开一条道来。南、西、北门的楚兵听说东门全是美人儿，争先恐后地涌向东门。直到旭日东升，才见城中有兵士出来，打着旌旗，拿着武器，簇拥着一部兵车，缓缓而来。“汉王”走近楚营，霸王才发现坐车出来的不是汉王，气得火冒三丈，暴跳如雷，吩咐将这个假汉王连车一同烧了。这时，汉王乘着东门混乱，冲出西门，带着陈平、张良、樊哙杀开一条血路，逃之夭夭。荥阳城头又布满了守军，一个个甲胄鲜明，武器精良。

## 孙策智夺卢江郡

调虎离山，此计用在军事上，是一种调动敌人的谋略。它的核心在一“调”字。虎，指敌方，山，指敌方占据的有利地势。如果敌方占据了有利地势，并且兵力众多，防范严密，此时，我方不可硬攻。正确的方法是设计相诱，把敌人引出坚固的据点，或者，把敌人诱入对我军有利的地区，这样做才可以取胜。

东汉末年，军阀并起，各霸一方。孙坚之子孙策，年仅十七岁，年少有为，继承父志，势力逐渐强大。公元 199 年，孙策欲向北推进，准备夺取江北卢江郡。卢江郡南有长江之险，北有淮水阻隔，易守难攻。占据卢江的军阀刘勋势力强大，野心勃勃。孙策知道，如果硬攻，取胜的机会很小。他和众将商议，定出了一条调虎离山的妙计。针对军阀刘勋极其贪财的弱点，孙策派人给刘勋送去一份厚礼，并在信中把刘勋大肆吹捧一番。信中说刘勋功名远播，令人仰慕，并表示要与刘勋交好。孙策还以弱者的身份向刘勋求救。他说，上缭经常派兵侵扰我们，我们力弱，不能远征，请求将军发兵降服上缭，我们感激不尽。刘勋见孙策极力讨好他，万分得意。上缭一带，十分富庶，刘勋早想夺取，今见孙策软弱无能，免去了后顾之忧，决定发兵上缭。部将刘晔极力劝阻，刘勋哪里听得进去？他已经被孙策的厚礼、甜言迷惑住了。孙策时刻监视刘勋的行动，见刘勋亲自率领几万兵马去攻上缭，城内空虚，心中大喜，说：“老虎已被我调出山了，我们赶快去占据它的老窝吧！”于是立即率领人马，水陆并进，袭击卢江，几乎没遇到顽强的抵抗，就十分顺利地控制了卢江。刘勋猛攻上缭，一直不能取胜。突然得报，孙策已取卢江，情知中计，后悔已经来不及了，只得灰溜溜地投奔曹操。

## 诸葛调虎离山败司马

蜀后主建兴12年（公元234年），诸葛亮领兵34万伐魏，分5路进军，六出祁山。魏明帝曹睿闻报，命司马懿为大都督，领兵40万至渭水之滨迎战。诸葛亮与司马懿是沙场老对手，双方都知道对方兵法娴熟，足智多谋，不好对付。所以战前各自都作了周密部署，严阵以待。诸葛亮在祁山选择有利地形，分设左、右、前、后、中5个大营，并从斜谷到剑阁一线接连扎下14个大营，分屯军马，前后接应，以防不测。司马懿则屯大军于渭水之北，同时在渭水上架起九座浮桥，命先锋夏侯霸、夏侯威领兵5万渡河至渭水南岸扎营，又在大营后方的东原，筑城驻军，进可攻，退可守，稳扎稳打，务使魏军立于不败之地。司马懿受命离开魏都时，曾受曹睿手诏："卿到渭滨，宜坚壁固守，勿与交战。蜀兵不得志，必诈退诱敌，卿慎勿追。待彼粮尽，必将自走，然后乘虚攻之，则取胜不难，亦免军马疲劳之苦。"所以在经过两次规模不大的交锋、双方互有胜负之后，魏军便深沟高垒，坚守不出，由于蜀军劳师远来，粮草供应颇为困难，因而利于速战；而魏军以逸待劳，利于坚守。因而诸葛亮的主要策略目标，就是要诱敌出战，调虎离山，速战速决。然而司马懿老谋深算，素以沉着、谨慎、稳重著称，加上有魏明帝临行手诏，也不必担心那些急于求功的部将鼓噪攻讦。在这种情况下，要调动司马懿这只“老虎”离山，谈何容易！然而再狡猾的狐狸，也斗不过好猎手。司马懿这只善长谋略，经验丰富的“深山之虎”，终竟被诸葛亮调出来了，还险些丢了性命。那么，诸葛亮究竟使了什么样的奇招，使司马懿这只老狐狸也难免上当呢？

诸葛亮深知，己方最根本的弱点是远离后方，粮草供应困难；他同时也深知司马懿正是看准了自己这一弱点，并利用这点作文章，期待并设法使蜀军断粮，从而将蜀军困死或逼蜀军撤退，然后乘机取胜。于是诸葛亮便将计就计，也在粮草供给问题上作文章、设诱饵，以此引司马懿这只“虎”离山。措施之一是分兵屯田，与当地老百姓结合就地生产粮食，以供军需，摆出一副作持久战的架势。这就等于宣示司马懿：你不急，我也不急；若是我不急，看你还急不急。果然司马懿的长子司马师沉不住气了，对其父司马懿说：“现在蜀兵以屯田作持久战的打算，如此下去，如何是了？何不约孔明大战一场，以决雌雄！”司马懿口头上虽说：“我奉旨坚守，不可轻动”，心里其实也很着急。诸葛亮的另一个措施，是自绘图样，令工匠造木牛流马，长途运粮，据传这东西很好使，“宛如活者一般，上山下岭，各尽其便。”蜀营粮草由木牛流马源源不断从剑阁运抵祁山大寨。司马懿闻报大惊说道：“吾所以坚守不出者，为彼粮草不能接济，欲待其自毙耳。今用此法，必为久远之计，不思退矣。如之奈何？”诸葛亮看出了司马懿急于破坏蜀军屯田、运粮、屯粮计划的心情，于是进一步利用这一点引他上钩。办法是：一方面在大营外造木栅，营内掘深坑，堆干柴，而在营外周围

武侯斗阵辱仲达

的山上虚搭窝铺草营造成蜀兵分散结营，与百姓共同屯田屯粮，而大营空虚的假象，引诱魏军前来劫营；另一方面在上方谷内两边的山坡上虚置许多屯粮草屋，内设伏兵，同时让军士驱动木牛流马，伪装往来谷口运粮。而诸葛亮自己则离开大营，引一支军马在上方谷附近安营，以引诱司马懿亲领精兵来上方谷烧粮。而司马懿呢？他虽烧粮心切，却又极为谨慎小心，深恐中了诸葛亮调虎离山的诡计。于是便也使了个声东击西、调虎离山计来应战。他亲领魏兵去劫蜀兵祁山大营，但却一反过去每战必让主攻部队走在前面的惯例，让手下的部将冲锋在前，直扑蜀营，自己反而在后引援军接应。他这样做，一则是担心蜀营有准备，怕中了埋伏；二是他指挥魏军劫蜀军大营本属佯攻，目的是调动蜀军各营主力，甚至诸葛亮本人领军前来营救，而他却自领精兵奇袭上方谷，烧掉蜀方的粮草。然而，司马懿的这个调虎离山计，却未能跳出“如来佛的手掌心”。诸葛亮早料到司马懿这一着。因而当魏军直扑蜀军大营时，诸葛亮只是事先安排蜀军四处奔走呐喊，虚张声势，装作各路兵马都齐来援救的态势，而诸葛亮却趁司马懿这只“虎”已离山之机，另派一支精兵去夺了渭水南岸的魏营，而自己却在上方谷等待司马懿来“烧粮”，以便“瓮中捉鳖”。司马懿果然中计。他见四处蜀军都急急忙忙奔向大营救援，便趁机急领司马师、司马昭及一支亲兵杀奔上方谷来。接着又被蜀将魏延依诸葛亮的安排，用诈败的方法诱进谷中，截断谷口。一时山谷两旁火箭齐发，地雷突起，草房内干柴全都着火，烈焰冲天。司马氏父子眼看就将葬身火海。亏得突来一场倾盆大雨，才救了司马氏父子 3 人及少数亲兵的性命。司马懿这只“虎”原本拿定了深沟高垒、坚守不出、决不离山的主意，结果却仍被诸葛亮调下了山；他原想用“调虎离山”计烧掉蜀军的粮草，想不到却反而中了诸葛亮的“调虎离山”计。真个是计外有计，天外有天，军机难测。

## 马燧智胜田悦

唐德宗建中二年，河东节度使马燧打败了叛变的藩镇田悦，正好田悦的援兵赶到了，田悦势力再次兴起。马燧和田悦分别驻军在洹河的两岸，田悦知道马燧的军粮不足，就坚守在军营中不出战。马燧命令军队造了三座可以横跨洹河的桥，每天前往田悦营前挑战，田悦怎么也不出战，只是在私下里埋伏了上万名将士，想偷袭马燧。马燧就想出一个办法把田悦“调”出坚固的阵地。马燧下令军队半夜敲起战鼓，吹响号角，作出要进攻田悦的样子。然而大队人马却秘密出发，沿着洹河，直奔魏州。他对部下说："等到敌人到来时，停下来布阵。"又命令留在原营中的一百名骑兵："等到大队人马走后，偃旗息鼓，带着柴禾和火种，躲藏在三座桥下，等田悦的军队全部渡过洹河后，就烧掉这三座桥。"田悦看到马燧撤军，果然带着军队过河烧了马燧的营垒，同时敲着鼓呐喊着追赶马燧。马燧接到消息后，立即停止前进，先砍除前边的杂草树丛，开辟出一块一百步宽的空地，作为战场，又扩选5000名勇士在前边布阵，田悦的军队赶了十几里路到达阵地，他们手中的火把也灭了，士气也减弱了。马燧就发动猛烈的攻击，大败田悦的军队。田悦想回身逃跑，然而横跨洹河的三座桥都已被烧掉了，后退无路，又无阵地，又无思想准备，溃不成军。当然不同于韩信背水列阵，士兵们为了逃生，争着往河里跳，淹死的人无法计算。

马燧在此就是把田悦调出坚固的阵地。马燧的成功不仅是调虎离山的应用，也有上屋抽梯的意思，引诱田悦过河，等于引田悦上屋，烧掉三座桥等于抽去梯子。田悦的部队由于没有思想准备，仓促败退，部队溃乱，虽然背水却不同于韩信有正奇、有组织、有秩序、有阵地的背水，其结果自然不同。

## 石达开的“调虎离山”计

石达开深知当时敌军声势正盛，特别是湘军水师战斗力极强，要击败湘军，必须首先战胜其水师。湘军水师主要由两部分组成，一部分是轻捷快船舢板，为水师精锐；一部分是快蟹、长龙，虽笨重不灵，但装载弹药辎重，指挥机关，为舢板主力的依托。石达开看出，要战胜湘军水师，必须将其轻捷快船舢板与快蟹、长龙调开，使其互相失去依托，然后分割吃掉。为达此目的，石达开施展了“调虎离山”之计，肢解湘军水师。

为使“调虎离山”得以实施，石达开采取了激怒敌人，使之急于求战的办法。鉴于敌强我弱的形势，石达开先是坚守不出，设法疲惫敌人，待机而动。他每夜用火箭、火球惊扰敌人水师。用小船百余号，或二三只一联，或三五只一联，堆积柴草，放入火药，灌上膏油，分十余批纵火放下，炮船随后，两岸步兵千余人，喊杀连天，施放火箭、火球。使敌人彻夜不眠，不敢安枕。石达开用类似办法同湘军相持近一月，使敌人疲惫已极，急欲求战。为造成湘军错觉，调动敌人，石达开故意撤开湖口守兵，诱敌深入。正好湘军此时亦“欲肃清鄱阳湖以内”。石达开见时机成熟，为阻止湘军水师快蟹、长龙等大船进入湖内，将大船数艘，装满砂石，乘机凿沉于湖口中流，只在靠西岸留一狭窄水道，仅能通过舢板小船。1855 年 1 月 29 日，湘军水师来攻湖口，120 余只轻便舢板战船自狭窄水道冲入湖内，直驶姑塘镇。石达开、罗大纲把握战机，立即堵塞狭窄水道、切断湖内与长江水上交通，使敌舢板战船无法重返大江，从而肢解了湘军水师。达到了调虎离山的目的。

随后，太平军出动轻捷快船，围攻湖口以北湘军水师八里江老营，南北两岸太平军也手持火箭、喷筒喷射敌船。湘军外江所存多笨重大船，运动不灵，又失去轻便舢板战船的护卫，“如鸟去翼，如虫去足，实觉无以自立”，当夜被焚 40 余艘，其余船只逃往九江以西的官牌夹。其舢板战船陷於鄱阳湖内，失去依托而被围歼。2 月 11 日，石达开、罗大纲、林启容又率太平军水师乘月黑进攻官牌夹，包围了曾国藩的坐船，杀其幕僚刘成槐、李子成等多人。曾国藩当时未在船内，去了另一舢板战船，故而幸得逃命。这一仗又焚湘军战船许多，使其水师“辎重尽失，不复成军”。曾国藩伤心绝望，投水自尽，被部下救起，逃入陆营。

石达开成功地运用“调虎离山”计，指挥太平军进行了湖口之战，扭转了太平军西征败局，使太平军重又挥师西进，第三次攻克武昌。

## 杜桑巧夺权

1790 年，海地爆发黑人奴隶起义。

海地是拉丁美洲地区最富饶的殖民地，当时在法国控制之下，西班牙和英国对它垂涎已久，它们企图乘海地革命的机会，从法国手中夺过来，以便霸占和瓜分它。

法国当局为了对付西班牙和英国，宣布废除包括海地在内的法国殖民地的奴隶制度，以联合起义军共同对西班牙和英国作战。

起义军的主要领导人杜桑决定与宣布废除奴隶制度的法国站在一起，反对西班牙和英国。

1795 年 3 月，杜桑被法国提升为海地副总督。

杜桑的势力越来越大，威望越来越高。他率领起义军狠狠打击了西班牙和英国军队，同时，在政治上同法国殖民主义者进行着控制与反控制、独立与反独立的尖锐斗争。

为了争取海地独立，杜桑不失时机地扩充自己的军事力量，而且还尽力设法摆脱法国代理人的控制。

当时法国在海地有两个代理人，一个是掌握军权的总督拉沃，另一个是掌握行政和经济大权的特派员桑托纳克。

1796 年，法国政府被迫同意海地选派代表参加法国立法团的 500 人院。

杜桑利用这个机会，推选拉沃为海地代表，以便将拉沃支开并将他的权力夺过来。

拉沃虽然不愿接受，但也没有理由拒绝，只好离开了海地。

从此，杜桑实际上已成为海地的总督，掌握海地的全部军权。

1797 年，杜桑又装出捍卫法国利益的姿态，指责法国特派员桑托纳克管理经济不善，并曾劝说海地人实行独立，杜桑提出：

“为了法国的利益和殖民地的兴旺，桑托纳克必须立即回国。”

桑托纳克有苦难言，想申诉反驳，但看到杜桑已兵临城下，包围了海地角，只得忍气吞声地回法国去了。

这样，杜桑就掌握了海地军事、行政和经济等全部大权。

杜桑·卢维杜尔为了争取海地的彻底独立，与法国殖民者进行了反复较量，他机智地利用法国政府及其代理人为了控制海地而设计出来的种种办法和手段，因势利导，将计就计，最终掌握了海地的全权。

## 智赚巴勒莫

加里波弟采用金蝉脱壳之计，甩掉了那不勒斯军队的追赶，于 1860 年 5 月 26 日顺利到达巴勒莫附近的米西尔梅里。这是一座可以俯瞰巴勒莫平原的小山村。此时，那不勒斯军队正在巴勒莫周围构筑工事，加固城墙。城里驻守着 2.2 万人，他们要依靠坚固的工事、优势的兵力，打败罗马红衫军和起义军。面对这样一个预有准备的优势敌人，加里波第的 8 千人是很难靠强攻来取胜的。他真不愧为一名杰出的军事将领，他决定调虎离山，利用城内人民的策应力量，里应外合，智取巴勒莫。

当天，加里波第只用少部分兵力从巴勒莫城的西南面佯攻。那不勒斯军见起义军人数不多，便出城出击，企图歼灭起义军。当那军出城后，起义军就且战且退，引着敌人尾随而去。这样城内的守军就有限，加里波第趁机抵达巴勒莫城下，并向城内发出信号，城内人早已按原定计划做好准备，一俟加里波第攻城，便发动起义军里应外合，一举歼敌。27 日凌晨，全城教堂的大钟一起敲响，人们高呼：永远自由！西西里万岁！蜂拥而上，与那不勒斯军展开激烈的巷战和肉搏战。与此同时，加里波第在城外发起强攻。那不勒斯军经不住这种内外夹攻，很快便溃散了。部分战死，大部分被俘。第二天当受骗的敌军返回时，城墙上已飘扬着三色旗，气急败坏的那不勒斯军反过来攻城，加里波第早有准备，不仅挫败敌人的进攻，还俘虏了大批敌人。2 万多人的那不勒斯军全部受损。这就是加里波第创造的神话般的英雄业绩。

## 所罗门王断案

所罗门时期的某个安息日，有三个犹太人来到耶路撒冷，由于身边带钱过多不方便，大家商议将各自带的钱埋在一块，然后都出去了。结果，其中有个人又偷偷溜回来，将钱挖走了。

第二天，大家发现被盗了，便猜想一定是自己人所为，但又没有证据证明是哪个人所为。于是，三人便一起去素以断案英明的所罗门王那里，请求仲裁。

所罗门王了解了事情经过后，什么话也没问，只是说：“这里恰好有道题解不开，请你们 3 位聪明人帮忙解决一下，然后我再为你们裁决。”

问题是这样的：

有个姑娘曾答应嫁给某男，并订了婚约。但不久以后，她又爱上了另一个男子，于是她便向未婚夫提出解除婚约。为此，她还表示，愿意付给未婚夫一笔赔偿金。这个男青年无意于赔偿金，但还是痛快地答应了她的要求。

由于姑娘很富裕，不久又被一个老头拐骗了。后来，姑娘对老头说：“我以前的未婚夫不要我的赔偿金就和我解除了婚约，所以，你也应该如此待我。”

于是，老人也同样答应了她的要求。

所罗门讲完故事后，询问那三个人，姑娘、青年和老头，谁的行为最值得赞扬？

第一个人认为，男青年能够不强人所难，不拿一点赔偿金，其行为可嘉。

第二个人认为，姑娘有勇气和未婚夫解除婚约，并要和真正喜爱的人结婚，其行为可嘉。

第三个人说：“这个故事简直莫名其妙，那个老头既然为了钱才诱拐姑娘的，可为什么又不拿钱放她走了呢？”

这时，所罗门王大喝一声：“你就是偷钱的人！”

然后，他才解释道：“他们两人关心的是故事中人物的爱情和个性，而你却只想到钱，肯定你是小偷。”

如果按现在的审判程序来看，所罗门王的断案方法难免有些主观武断，但他用旁敲侧击、转移视线调虎离山的方法来窥测罪犯的心理，也有其一定道理。第三个人问的确实合乎逻辑，但所罗门正是借悖谬来洞察人的心理，那两个人都被故事转移了视线，说明其心里很坦然，唯独第三个人却只注意钱，这岂不是和偷钱有关系？

## 寻求突破的契机

迈克在美国全国安全公司做推销员。一天，他向顾客作了精彩的产品性能解说，最后提出定货要求。顾客听完介绍，两臂抱在胸前说：“好了，小弟弟，你当然已经听说过我的不幸遭遇吧！”迈克并没听到过什么，于是顾客开始述说详情：

“几个月前，我和我的妻子在公路上驾车，一位花花公子把我们的车撞得粉碎，我在医院里待了两星期，收入下降，老天爷，损失太大了！”

“我的妻子在医院里住了 6 个多星期，公司因她久不上班，把她除了名，我们过去有两份收入，突然之间只有一份了，那可真是个问题，我们俩的医院帐单在20000元以上，现在我已知道保险公司最终会支付这笔钱，但当时确实使我们紧张不安。”

“我的儿子从海军服役回家，途中因车速过快，刹车不及，撞进一家加油站。我们的另一辆车也毁了。还撞坏了石油公司一个价值6000元的招牌。现在我已知道保险公司将赔偿汽车损失，但还不知道招牌的赔偿问题将会如何。我现在告诉你，如果要我们来赔偿那6000元，那可真会使我们陷入困境！”

“事情远不止于此，就在昨天晚上，我把老岳母送进本地最昂贵的养老院。我们将挑起全副担子。”

面对顾客的不幸遭遇，如果换一个推销员，他可能会对顾客的不幸表示同情，并说些安慰的话，但对推销而言，同情能帮助你卖出产品吗？迈克没有同情，只有理解。能理解者，在感情上超然于该问题，因而能够提供解决问题的办法。

迈克静静听完顾客的述说后，看着顾客的眼睛说：“先生，请告诉我，除了这些事以外，你还有什么其他原因，使你不准备在你家中安装这种火警器来保护你全家的生命呢？”

不知道你是否见过歇斯底里的样子，顾客的表现就是歇斯底里。他狂笑起来，拍着大腿说：“没有了，小子，我刚才讲的那些，就是我今天不能买火警器的理由呀。哈、哈、哈、哈!”

迈克现在知道顾客再也没有其他不购买的理由，他毫不犹豫地拿出样品，举放在墙上，让顾客看清它是件什么样的东西，然后说道：“先生，我想您现在欠了 3 万元左右——（停顿）——那么再欠 300 元，也无多大区别。”（停顿）他放低声音，注视着顾客的眼睛，一字一句地说：“先生，在任何情况下，水火都是无情的，而就你的情况来说，却能把你彻—底—毁—掉!”迈克达成了交易。

评析：

与顾客成交才算是推销成功。一个不善于成交的推销员，无法取得良好业绩。推销员要掌握娴熟的成交技巧。迈克的成交技巧是相当高明的。

1. 迈克首先倾听顾客谈话，了解顾客不买的原因，在掌握顾客心理基础上，有的放矢，采取针对性的说服技巧。失败的推销员常犯的错误是：匆忙打断顾客谈话，盲目强调产品的特点、利益，无的放矢。

2. 紧抓成交不放松。迈克在顾客述说自己的不幸遭遇后，并没有给予廉价的同情，而是向顾客提供一个可使顾客避免发生新的不幸的方法，从而诱导顾客成交。这一点十分高明。推销员时刻都不应忘记：只有成交才是真正的推销，不要让其他问题使推销偏离成交主航道。成交是对双方都有益的事，顾客得以解决问题，推销员完成推销。帮助顾客解决问题比廉价同情更有益。

3. 以子之矛，攻子之盾。迈克听完顾客提出的不能购买的理由后，顺水推舟，把不能买的原因，变成应当购买的理由。他告诉顾客，在遭受到一连串的不幸之后，他再也不能承受任何打击了——更何况是无情的火灾。迈克的说法逻辑严密，具有很强的说服力。

## 免费借出名跑车

这是聪明人“非利不动，非得不用”的一种谋略。

在日本东京，一家新崛起的广告公司、广告社，不久前推出一项引人瞩目的服务，免费出借全新名贵跑车给车迷们使用。

天下竟有这样的好事，免费可以借用全新名贵的跑车吗？

这家公司运用三寸不烂之舌，说动企业界出资做广告，然后用这笔广告费购买跑车，免费提供给车迷们使用的同时，每辆供车迷们免费使用的跑车上，都要按照各家企业提供广告费的多少，在不同部位贴上出钱的企业名称。车迷们尽管不用出钱租车，但必须承担一定的义务，即在规定的时间，开着车子到事先指定的地点亮相，替企业进行宣传。使用者一个月中有 50 个小时必须接受这种安排，但是在周末和周日，却享有完全的自由。

为了更引人注目，这家广告公司提供给车迷们使用的跑车，即定为保时捷、法拉利、玛莎拉蒂等时髦而又名贵的跑车，价格均在百万元以上。

当然这些名牌跑车发挥了广告效应。

而且出借的跑车在使用过程中，油费和停车费由使用者支付，保险、车检则由广告公司负责。3 年出借期满后，车迷可用特别低廉的折扣价。买回所开的车。

这样一来借车的车迷也有利可图，来此借车的车迷为数亦不少。

## 依黛的过人之处

本世纪初的美国，像男子一样胸部平坦被视作美女的象征。为了成为“标准美女”，少女们不得不早早束胸。这种违背生理健康的愚昧习俗，不但严重地摧残了少女的身体，还给她们的心灵造成了无法摆脱的痛苦。

当依黛发现美国妇女的这种难以启齿的痛苦时，便决心向传统习俗挑战。经过一番苦心揣摩，依黛设计了一个理想的方案：用一副小型的胸兜来代替捆扎的束带，然后在上衣胸前缝制两个口袋，以掩饰乳房的高度。这种设计不但解除了女人的痛苦，而且一时间成为畅销服装，依黛的小店也热闹起来了。

意外的成功促使依黛认识到，如果能设计出一种解除女性束胸苦恼的服装，不仅可以获利，而且可以打破旧的服装传统。

不久，胸罩诞生了。依黛没有在报纸上做广告，避免引起社会的关注，第一批胸罩在纽约市场出现了，女士们一传十，十传百都跑到依黛的服装店，胸罩很快被抢购一空。这一奇特的景象轰动了服装界，轰动了整个纽约。

依黛决定扩大投资，她成立了“少女股份公司”以壮声势。

几年后，“少女股份公司”就增加了上千名工人，销售额也由几十万美元骤增至几百万。即使在 30 年代，美国遭受到严重经济危机的袭击，大批企业倒闭的状况下，依黛的胸罩业仍然一花独放，长盛不衰。

依黛已不仅仅是一位服装设计师，杰出的企业家，而且是备受全世界女性尊敬的人。

# 华尔克智斗范德比

荆州城公子三求计

19 世纪 40 年代末，在太平洋沿岸的美国加利福尼亚州发现了金矿。这一消息传开后，很快在美国和欧洲大陆出现了黄金热。美国人还有成千上万的欧洲人，纷纷背井离乡到美洲来淘金。这些欧洲人大多是在纽约登陆的。因为当时美国还没有连通太平洋到大西洋的铁路，巴拿马运河也还没有提到议事日程，所以，前往旧金山的人们往往要坐轮船绕道南美的最南端。一个叫范德比的老商人看到这是一个发财的好机会，决心开辟一条通过尼加拉瓜的航线，让人们走近路直达旧金山。他亲自到尼加拉瓜四处活动游说，最终和当时的总统查摩罗签定了一项秘密协定。这个协定规定：凡从尼加拉瓜过境船只均由范德比负责。从此，范德比垄断了穿越尼加拉瓜船只的过境专利权，没出几年，老范德比在这条航线上赚了好几百万美元。

此事引起了一位叫华尔克的年轻商人的注意。华尔克眼看老范德比靠这条航线，大把大把的钱财流入腰包，自己从商好几年却一直没有太大成绩，十分嫉妒，于是决心把这条航线夺过来，据为已有，这样，一来可以靠这条航线赚钱，二来还可以减少自己的黄金采购公司的运输成本。

夺取一笔小生意好办，夺取一条航线谈何容易。老范德比从商几十年，可谓沙场老手，和他斗需要动一番心思。华尔克想：老家伙在国内政界、商界颇有影响，保镖成群，搞的不好不仅达不到目的，反而会身败名裂。思来想去，华尔克想出了一个调虎离山之计。他决定设法把老范德比引诱出国，然后乘其不备下手。

他首先用重金收买了范德比的私人医生，请他如此这般。

一天医生对老范德比说：“您最近身体状况不太好，可能是劳累过度，建议您去法国休养半年或更长一些时间，否则，您的心脏会有危险。”

为了促使老范德比下决心出国休养，他还用钱收买了经常与范德比有来往的一些夫人、太太们，让她们给范德比的妻子、女儿和儿媳吹风，说：“您家老先生面色不好，心脏又不太好，不如到外国去休息一阵子，美国的气候太差了，再这样下去，恐怕会有生命危险。法国的巴黎最适合他这样的老人休养。”家人一听十分着急，一天催他三、四遍，让他出去休养。俗话说：“三人成虎。”老范德比本来身体没什么大毛病，自我感觉也挺好，但经不住许多人劝说，自己也怀疑身体是否真的快不行了，于是，起身到巴黎休养去了。

老范德比一走，华尔克立即采取了行动。他用船装了几百名打手和满船的军火前往尼加拉瓜，登陆后，和事先联系好的尼加拉瓜内奸里外应合，以迅雷不及掩耳之势，攻占了尼加拉瓜首都，直捣查摩罗总统官邸，威逼查摩罗总统修改协定，让他主宰航线，查摩罗总统一气之下，心脏病发作，当即毙命。华尔克乘火打劫，马上扶持了一个尼加拉瓜民族败类当傀儡总统，他自任尼加拉瓜军队总司令，控制了政权。不久，尼加拉瓜新政府宣布取消了原政府和范德比的协定。华尔克终于如愿。

## 征订启事

1991 年 1 月 1 日起，前苏联的报刊大幅度提价，报刊面临失去大批读者的现实问题，但《消息报》1991 年的征订启事却别出心裁，读之令人叫绝：

“亲爱的读者，从 9 月 1 日起开始征订《消息报》，遗憾的是 1991 年的订费将不得不增加负担，全年订费是 22 卢布 56 戈比。订费是涨了，在纸张涨价、销售劳务费提高的新形势下我们的报纸将生存下去，我们别无出路。而你们有办法，你们完全有权拒绝订阅《消息报》，将 22 卢布 56 戈比的订费用在急需的地方。一年订费可以用来在莫斯科的市场上购买 924 克的猪肉，或在列宁格勒购买 1102 克的牛肉，或在车里亚宾斯克购买 1500 克的蜂蜜，或在各地购买一包美国香烟，或购买一瓶好的白兰地酒（五星牌）。这样的‘或者’还可以写上许多，但任何一种‘或者’只有一次的享用，而您持有《消息报》——将全年享用。事情就是这样，亲爱的读者。”

这条征订启事，就是“正话反说”的一个典范，本来是让读者订阅《消息报》，却说“涨价”，“有权拒绝订阅”等反话，并列举大量“或者”，似乎是在诚恳地告诉读者不要订阅。但读者看了启事后，却激起了订购欲望。这则启事充分利用了读者的逆反心理，确实把“反话”说绝了。

## 千金求才

美国这个科学技术发达的国家，也十分重视人才引进。二次大战以后，美国引进了高级科学家、工程师、医生等共 24 万人。在美国，一个人从小到大学毕业，政府要付 5 万美元的教育经费，24 万人就是 120 亿美元，如果再加上家长和社会对学生所付的其他费用，那么，数字一定大得惊人。所以，引进人才是无本万利的买卖。

瑞士有一位研究生研制成功一种电子笔和一套辅助设备，可以用来修正摇感卫星拍摄的红外照片，这项重大发明引起全世界的注目。美国一个大企业闻讯后马上派人找到那个研究生，以优惠为条件，动员他到美国去工作。瑞士一些公司也千方百计地要留住他，于是希望得到人才的各方面展开了人才争夺战。你给他加薪，我也再加薪，弄得不可开交。最后，精明大胆的美国人说，现在我们不加了，等你们加定了，我们乘以 5。就这样，这位研究生连人带笔一起被弄到了美国。

## 施利茨啤酒的泛广告

当年，施利茨啤酒是西方成千上万种普普通通、名不见经传的啤酒之一，为了打开销路，他们委托西方著名广告设计策划专家霍普斯金为其产品设计广告。霍普斯金接受委托后，来到该啤酒厂进行实地考察。他首先以一个普通消费者而不是以一个啤酒商的眼光，仔细考察了施利茨啤酒生产全过程。其中，他注意到该厂的啤酒瓶是用蒸汽机消毒的，虽然他后来很快了解到这其实并不是什么新特点，因为相当多的啤酒厂都是这么做的，但是霍普斯金却认为：社会上最广大的公众并未注意到啤酒瓶是否用蒸汽机消毒，而且，所有的啤酒厂商也从来没有就此宣传过——这就够了。

于是，霍普斯金找到了一个令啤酒厂商认为不是特点的特点："施利茨啤酒用蒸汽机消毒。"这样一条广告一出去，立刻震动了广大消费者，使不了解啤酒业详情的公众们以为"只有施利茨这么说"而相信"只有施利茨这么做。"霍普斯金和施利茨啤酒都获得了空前的成功，在短时间内，市场占有额有了明显的上升。

实际上，这就是一条典型的 CIS（企业识别系统）式的广告，或者我们姑且称之为“泛广告”。因为现代广告通过大众媒体，向外发布的信息往往是商品的特性，而 CIS 广告则重在挖掘商品生命全过程中，所有可以带来营销利润的信息，内容可以非常泛化。诸如企业的热心社会公益事业、企业主管人品格坦荡正直，甚至企业员工的子女取得某方面的杰出成就等等看来似乎与该企业商品客观属性无关的信息，都有可能被组织成为商品的区别性信息而成为广告的内容，以获得出奇制胜的营销效果。这就是 CIS 广告或者说是“泛广告”的魅力所在。

无独有偶的是，这种“泛广告”观念已被当前越来越多的广告策划高手们所接受和实战运用。例如：目前我国市场上畅销的某品牌妇女卫生巾之生产厂家，就是较好地运用了霍普斯金的“施利茨啤酒策略”。在他们的商品广告中，同样通过突出强调生产过程中的消毒环节，来使消费者真正感到放心，从而一炮打响，占据了 40%的市场占有额，成为公众认可的一种消费品。而实际上，绝大多数卫生巾生产厂家在工艺流程中，都设有“消毒”这一工艺环节。

## 海关条例的漏洞

钻缝，在一些人看来，是个含有贬义的词，靠钻缝经营的人，似乎有些不地道，然而，在国际商战的用语中，它却是一个闪耀着才智之光的词。

美国海关已有数百年的历史，蓄谋逃避海关管理条例，又要不犯法，简直比登天还难。但有个美国进口商却得逞了。他仔细研究海关的各项规章条例，预料海关人员可能作出的某些假设，成功地调虎离山，钻了一个空子。

当时，进口法国女式手套得缴纳高额进口税。这种手套在美国售价极其昂贵，那位进口商跑到法国，买下了1万副最昂贵的皮手套。然后将每副手套都一分为二，将其中1万只左手套发运到了美国。

那位进口商一直不去提取这批货物，直到过了提货期限。凡遇到这种情况，海关得将此作为无主货物拍卖处理。这1万只舶来的左手套全部被拿出来拍卖了。由于一整批左手套毫无价值，这桩生意的投标人员仅有一个，就是那位进口商代理人。他只出一笔微不足道的钱，就把它们全部买了下来。

这时，海关当局意识到了其中蹊跷，晓谕下属：

务必严加注意，可能有一批右手套舶到，不让那个进口商的计谋得逞。

然而，那位进口商已经预料到了这一招，所以他把那些右手套合装成5千盒，每盒装两只右手套。这个宝押对了。第二批物通过海关，那位进口商只交了5千副手套的关税，再加上在第一批货拍卖时付的那一小笔钱，就把1万副手套运进了美国。

## 犹太人的启示

犹太人的冒险精神、创新精神，已成为世界企业成功的法宝，这里不妨讲一则模仿犹太人的经验以新点子出财路的故事。

却说日本有一家专营纸张、文具、图钉、回形针、尺子等文化用品的普拉斯公司，由于薄利而不多销，做法因循守旧，生意非常清淡，公司的老板虽勉强支撑，但回天无术了。

1983年，普拉斯公司招聘了一个刚从学校毕业不久的玉村浩美小姐。一天，老板开职工会议说："本公司因产品缺乏新意，故萎靡不振，已濒临破产，希望大家群策群力，挽救公司。"

玉村浩美是一个责任感很强而又机敏多思的女

孩，在学校时就读过有关犹太人赚钱的书，所以她将老板的话牢记在心，从此认真对客人进行观察和分析。她发现：前来光顾的人，不管男女老少，他们在买文具时，一般都买好几件。于是她从中得到了启示，又联想到自己上学时，书包里总乱七八糟地放着钢笔、铅笔、尺子、小刀、橡皮、圆规等，走起路来稀里哗啦，很不方便，不禁灵思一动，为什么不能搞一个设计精巧、轻便易带的文具盒呢？将所有小玩意放进去岂不很好？

这个新点子看上去平淡无奇，似乎比那些复杂的科学发明简单多了，但它却是经营方面的奇招妙术。普拉斯花了很少一点投资，就生产出了精心设计、图案漂亮的文具盒，所以产品一上市，就大受中小学生及工商企业和工程人员的欢迎，不仅使普拉斯公司起死回生，而且赢得了巨额利润。

之后，玉村浩美再接再厉，进一步改善文具组合，在盒子里装上电子表、温度计，使它的功能趋于立体化。又根据孩子的好奇心理，把组合盒也弄成了五花八门、千姿百态的变形金刚，更受孩子们喜欢，故销量越来越大，很快风行全世界。

犹太商人是世界有名的，多学习一些他们的经商思路，肯定会受益非浅的。东西还是原来的，只不过将顾客的视线从零碎的东西转移到精巧、方便的文具盒上，从而轻松、巧妙地将钱赚到了自己的腰包。

## “调虎离山”把台拆

博望坡军师初用兵

1980 年，三井物产公司的益田与其任职大藏省时的上司涩泽荣一商量，准备自组一个“东京帆船会社”。

当时涩泽荣任第一银行的总裁，也是三井出资设立的东京股票交易所的幕后主持人。得到涩泽荣的赞同后，益田立刻和当时的政界要员联系，私下也和地方上的海运业者联合，准备设立大海运公司。

在三井公司和财政界的大人物做为后盾，地方上的船主、货主当然就陆续申请加盟，甚至当时的一些富商，也都陆续响应。

很快，消息传开了。三菱的弥太郎尽管有把握以其实力来与这家公司正面竞争，但对于他们雄厚的资金来源，以及涩泽在社会上的地位，却又不敢忽视。

为了给这家新公司的产生设立障碍，或者让计划流产，以除去此一劲敌。弥太郎采取了“调虎离山”的应付措施。

首先，弥太郎利用与自己有深厚交情的报界大亨大隈所办的两种报纸攻击涩泽，使涩泽的名誉、声望因舆论的讨伐而跌落，参加新公司的商人心中产生怀疑和不安，渐渐地动摇了参加的愿望。

同时，弥太郎也派人到各地去进行搅乱，以厚利诱惑最热衷于新公司建立的藤井，使他脱离新公司，接着去说服新的商人，用低利资金流通、低运费为条件来引诱他们。

经过这一系列的行动，弥太郎使地方人士对三井物产产生反感，进而猛烈抨击东京风帆船会社的建立。

弥太郎还私下收买了东京股票交易所的股东，撤换了涩泽的亲信，断绝了东京股票交易所支援东京风帆船会社的资金。

1980年8月10日，“东京风帆船会社”尽管还是成立了，但由于弥太郎施用的“调虎离山”之计。使中途退出加盟的人太多，不仅资金发生问题，而且失去大宗物资如米、木材等的运送，公司的业务无法顺利开展。

这种看透了对方意图之后，并不正面竞争，而用侧面迂回、调虎离山的战术，委实十分高明。

## “调虎离山”假出价

一般的商事谈判，通常都是事先经过周密的准备，在谈判桌上公开讨论，一但双方达成共识，形成条文，确定之后就签字生效了。但是也有少部分人，经双方签定的谈判结果，不予认真对待，不时进行反悔，实际上是假撕合同，行敲诈之举。

当卖主与买主商谈时，卖主出价后，一买主在众多买主面前争得买主权利，获得了合同。在其他买主离开时，或过了一些时候，又出尔反尔，诉说在谈判时吃了大亏。卖主在失去其他买主时，只好万般无奈迁就于这家买主，大呼被诈。

有一个人想以3000美元的价格卖掉一艘船。于是他在报纸上登了分类广告，然后有几个有兴趣的买主来看货，其中一位愿意出价2850美元，并且预先付了25美元的定金。卖主也接受了。他不再考虑其他买主，只等对方开出保付支票，交易正式完成。可是一连几天，却丝毫不见对方动静。后来，电话铃响了，对方很遗憾地说明，由于合伙人或妻子的不同意，实在无法继续完成交易。同时他还会提到他已经调查并比较过一般的船价，这艘船的实际价值只有2500美元，何况……卖主当然会非常地生气，因为他已经拒绝掉其他的买主。可是接着他会开始怀疑也许市面上的价格正如对方所说的，同时他又不愿意一切从头开始，再去登广告，再和买主接洽以及再做些琐琐碎碎的事情。最后结果一定会以少于2850元的价格成交。这种策略和假价策略可说是大同小异，惟一的差异是：假出价的目的在于消除竞价，排除其他对手，使自己成为卖主的惟一交易对象。它的功效，是使一切都出乎卖主的意料，并且使卖主在货物脱手以后还会以一声解脱似地叹息表示感谢，他的东西终于能以这么好的价钱卖出去。

怎样防止被诈呢？首先应要求对方预付一定比例的定金，逼其不敢后悔。其次应确定截止日期，逾期合同作废。第三应收取一定比例的违约罚金，使其感到心疼最佳。除此之外的防诈措施，就是寻求担保人在协议书或合同上签字作证，使其不敢违约。

## 女大使的绝招

《草庐经略·卷六·虚实》中说："虚则虚之，使敌转疑以我为实。"

灿若繁星的中国古代将帅中，能够善用、活用"虚则虚之"一计的天才虽然不能说是绝无仅有，但却也是凤毛麟角，寥寥无几，这在中国古代战争史上，确实是一种比较少见的现象（与其他军事计谋的反复应用相比）。

在兵临城下、将至壕边之际，明明自己力量空虚，却又不作任何准备，无疑是需要一点胆量和勇气的，但我认为，此计固然说明了使用者高超的军事谋略水平，却更说明了使用者在危机关头，被迫顺水推舟，以求绝处逢生的尴尬境地。

在经济谈判中应用此计可以收到出其不意逆转辞锋的好效果，从而使谈判对手陷入欲辩不能，欲争还忍的心理状态中，使其不得不接受我方的要求。

世界上第一位女大使柯仑泰，几乎掌握欧洲 11 国语言，在繁忙的外事活动中，柯仑泰充分显示了她卓越的外事才能。

在她担任苏联驻挪威全权贸易代表时，有一次她与挪威商人谈判购买挪威鲱鱼问题，挪威商人要价高，她出价低。挪威商人深谙贸易谈判的决窍：卖方喊价高得出人意料，买方往往不得不水涨船高地调整出价，再和卖方讨价还价。但柯仑泰也很懂这一点“生意经”，只肯以低价成交，因为在谈判不至于破裂的情况下，往往会有很好的收获。她坚持出价要低、让步要慢的原则，以取得和挪威商人讨价还价的余地。买卖双方的激烈的争辩中，都企图削弱对方的信心，谈判终于陷入僵局。后来柯仑泰说：“好吧，我同意你们提出的价格，我将用自己的工资支付差额。但是，这自然要分期支付。很可能要支付一辈子。”挪威商人从来也没有遇到过这样一个谈判对手，一个个面面相觑，等他们明白过来，便一致同意将鲱鱼的价格降低到最低标准。

挪威人明白的是什么呢？柯仑泰顺遂他们的意愿，同意他们提出的价格是虚的，实际上是表明他们的要价根本不可能获得政府的批准。如果卖方不肯让步，在这里争执将是徒劳的。卖方一定要坚持这一不合理的要价，要说还有可能达成协议的话，只有用她个人的工资支付差额；但即使认为这样做是合理的话，要分期支付一辈子也是不可能的。假设还有想使谈判达成协议的诚意，唯一办法就是挪威商人重新考虑要价，订出合理的能为苏联政府所能接受的价格。在这次谈判中，柯仑泰所讲的似乎不着边际的两句话，无疑起了重要的决定性作用。

## 犹太人的谈判术

这是一种很具体的谈判技巧。

不要看犹太人谈判并且赴约非常准时，见了面也非常谦恭客气，不管周遭环境如何，他们总是满脸挂着微笑。

但是一涉及生意，谈判就进行得缓慢异常了。他们对生意往来中金钱的得失看得极重。一分一厘都计较，为了合约上细小的细节，也与你争执得面红耳赤。

意见不同，分歧难消，犹太人总要弄个清楚明白。是非曲直，必须当面说清楚。少许激烈争论甚至谩骂也时有发生。像犹太人买卖契约那种顺利谈判成功的例子并不多见。一般说来，和犹太人谈判，头一天大多是以吵骂收场的。

对我们而言，谈判若出现吵架，一般人都会放弃这宗生意。但是犹太人不。他们第二天照样约你，见了面仍然是一副恭敬客气的样子。仿佛昨天什么事也没有发生过一样。

这时候，你若不能摆脱前一天的阴影，你就会变得茫然无措。内心怒气不消，心理不够平衡，就无法正确面对犹太人，犯了临战急躁无把握的大忌，这说明你已经中了犹太人的圈套了。

蔡夫人议献荆州

犹太人往往在这种时候，展开新一轮谈判攻势，时时激怒你，让你在不平静中和他们谈条件。

他们使用的是调虎离山之计。

事后冷静下来，你会发现，你已稀里糊涂地接受了他们的条件，这条件明明于己不大有利，但已形成合约，无法更改。悔之晚矣。

说透了，这种谈判的是心理战，谁的心理成熟谁赢，谁的心理脆弱谁输。

犹太人幽默地认为，人的细胞代谢得很快，昨天吵架的细胞已被今天温和的细胞代谢，所以没有必要再记恨。

难道我们身上的细胞代谢得慢嘛？为什么我们不能做得和犹太人一样呢？这是一种谈判必须具有的心理成熟标志。

## 高明买主假出高价甩掉对手再杀价

美国某公司有一部旧设备出售，这家公司事先商定这部设备能卖 6 万美元就满足了，而对外标价是 10 万美元。

在谈判中，有几位买主竞争，有位买主愿出 7 万美元当场成交，而另一位买主则表示愿出 9 万美元的高价，并愿先付 10％的订金。卖主没想到这部旧设备竟能卖这么好的价钱，便同意不再考虑其他当场成交的买主，只与出 9 万美元的买主谈。

三天后，买方来人说，当时的价钱太高，由于同伙人不同意，所以难以成交，还说这部设备的价值顶多值5万美元。于是，卖方又被迫与买方进行谈判，几经讨价还价，最后按卖主原先商定的6万美元成交。

这位当初愿出9万美元的买主，运用调虎离山之计，以“假出价”的手段，成功地拆散了愿出7万美元当场成交的生意。卖主忘记了“赊千不如现八百”的商界交易原则，以至于损失了1万美元。

## 认同谈判术

经营着一家高级面包公司的杜维诺先生，一直很想把面包推销给纽约的一家大饭店。一连4年，他天天给那家饭店的经理打电话；甚至在饭店里订了一个房间，住在那儿以便随时同经理谈生意。但是他始终一无所获。

就在他失去信心时，有人传授给他一条“妙方”。于是他改变策略，打听那个经理最热衷的是什么。

杜维诺终于发现，那位经理是一个叫做“美国饭店招待者”组织的成员。不止是成员，由于他热心，还被选为主席。于是杜维诺再去见他时，一开始就谈论他的组织，哈！反应令人吃惊。他跟杜维诺谈了半个小时，他的组织、他的计划，语调非常热情。告别时他还“卖”了一张那个组织的会员证给杜维诺。几天之后，杜维诺就收到那家饭店的订货单。

杜维诺四年苦缠饭店经理而一无所获，却在一个早上达到了目的。他所做的，就是苦心找到那位经理的兴趣所在。

难怪人们说过：“打动人心的最高明办法，是跟他谈论他最喜欢的事物。”

在经济谈判中，有一种认同谈判术，即如果谈判对手之间有着同样的经历或爱好，则双方的思想感情极易产生共鸣。但相同的经历和爱好往往可遇不可求。在这种情况下，谈判者对自己的经历和爱好不妨应用“虚则实之”的策略加以一定程度的补充和修改，努力与谈判对手相一致，从而使双方消除隔阂，并使谈判获得成功。

## 对症下药的促销术

日本的泡泡糖市场，几乎被“劳特”牌泡泡糖所垄断。“劳特”牌泡泡糖深受顾客的喜爱，其他企业想要战胜它谈何容易！

日本江崎糖业公司信心十足，决心占领泡泡糖市场，跻身于日本泡泡糖巨头之列。为达此目的，公司很快作出了一个不寻常的决策：取人之短促销。

不学习劳特牌泡泡糖的优点，而是全力找出它的缺点来。为此，公司成立了一个新市场开拓班子，专门负责研究“劳特”的缺点。开拓班子经过缜密的查访，鸡蛋里挑骨头，终于发现了劳特的四大缺点：1.没有看到日本成年人也开始吃泡泡糖，仍然以儿童为服务对象；2.没有注意到顾客对泡泡糖的需求越来越多样化，仍然几乎只生产果味型；3.劳特产品的形象多年一贯化，总是长条式，缺乏新式样；4.价格定价为110日元，顾客购买时要掏零钱，很不方便。

江崎公司取劳特之短，对症下药，决定生产出四个品种的功能性泡泡糖。1.司机用泡泡糖，配料使用浓度薄荷和天然牛黄，可产生刺激，消除困倦；2.交际用泡泡糖，有清洁口腔、祛除口臭之功用；3.体育用泡泡糖，含有多种维生素，有增强人体肌能，消除疲劳之功能；4.轻松性泡泡糖，内加叶绿素，能改变人的不良情绪。以上四种泡泡糖的造型和包装都呈现出新的姿彩，格外迷人。同时价格定为50日元和100日元两种。免了掏零钱的麻烦。

江崎公司的产品取人之短，活用“调虎离山”之计，一问世就像飓风一样滚过泡泡糖市场，获得了奇迹般的成功，市场份额一下子达到25%。当年的销售额达到150亿日元，创下了江崎公司的历史纪录。

## 车轮战术

日本某公司与美国某公司协议进行一次技术协作谈判。日本公司与美国公司采取了两种不同的谈判方式，谈判伊始，美方首席代表便拿着各种技术数据、谈判项目、开销费用等一大堆东西，滔滔不绝地发表本公司的意见，完全不顾日本公司代表的意见。而日本公司代表则一言不发，仔细听并埋头记着。当美方单方讲了几个小时之后，征询日本公司代表的意见时，日本公司代表此刻显得迷迷惘惘，混沌无知，反反复复说："我们不明白"，"我们没做好准备"，"我们事先也未搞技术数据"，"请给我们一些时间回去准备一下"。第一轮谈判就这样不明不白地结束了。几个月后，第二轮谈判开始了，日本公司以上次谈判团不称职为由，撤换了上次的谈判代表团，另派代表团到美国谈判。他们全然不知上次谈判的结果，一切如上一次谈判一样，日本人显得在这个谈判项目中准备不足，技术基础薄弱，信心不足，最终还是日本公司以研究为名结束了第二次谈判。

几个月后，日本公司又如法炮制了同样一次谈判，这样，美国公司老板大为恼火，认为日本人在这个项目上没有诚意，轻视本公司的技术和基础，于是就下了最后通牒：如果半年后日本公司仍然如此，两国公司的协定将被迫取消。随后美国公司便解散谈判团，封闭所有的技术资料，以逸代劳，等待至少半年后的最后一次谈判。

哪料想，几天后，日本即派出由前几批谈判团的首要人物组成的庞大谈判团飞抵美国，美国公司在惊愕之中仓促上阵，匆忙将原来的谈判团成员召集起来。这次谈判日本人一反常态，他们带来了大量可靠的数据，对技术、合作分配、人员、物品等一切有关事项都做了相当精细的策划，并将协议书的拟稿交给了美方代表签字。这使美国人迷惘了，最后勉强签了字，当然其中所规定的某些条款要明显倾向于日方，事后美方代表气得大骂，说这是日本自珍珠港事件之后的又一次胜利。很显然，精明的日本人在谈判中是耍了花样，前几次谈判似乎被动，实际上日本人是在了解美方的意图，一旦摸到真相后，便一鼓作气制定了详细的方案，最后当美国人放松警惕的时候，突然出击，取得了决定性的胜利。

装愚装傻是为了掩藏锋芒，为了下一步的奇袭巧夺做好准备，这样才能使经营者在激烈的竞争中避开势头，出奇制胜。大智若愚总比大愚若智好。

# 第十六计　欲擒故纵

【原文】

逼则反兵，走则减势。紧随勿迫，累其气力，消其斗志，散而后擒，兵不血刃，需，有孚，光[①]。

【注释】

①需，有孚，光：语出《易·需》卦："需，有孚，光亨，贞吉。""象曰：需，须也，险在前也。"需，待，因前有险阻，故必须等待。孚，信，相信。孔颖达疏："无信即不立，所待唯信也。"光，光明。

【译文】

逼得敌人走投无路，他就会拼个鱼死网破，让他逃跑则使敌人失去决一死战的决心，而抱一线生路，不战而求生的思想就会减削敌人的气势而造成更有利于我的战机。追击敌人时不要过于逼迫它，以消耗他的体力，瓦解它的斗志，使敌人溃不成军，再捕捉它就可以避免流血。使敌人心理上完全失败而信服我，就能够赢得光明的战争结局。

**【按】** 所谓“纵”者，非放之也，随之，而稍松之耳。“穷寇勿追”①，亦即此意。盖不追者，非不随也，不追之而已。武侯之七擒七纵②，即纵而蹑之，故辗转推进，至于不毛③之地。武侯之七纵，其意在拓地，在借孟获以服诸蛮，非兵法也。若论战，则擒者不可复纵。

**【注释】**

①穷寇勿追：语出《孙子兵法·军争篇》。“追”，一作“迫”。意为对陷于绝境的敌人，不要过分逼迫它。

②武侯之七擒七纵：武侯，武乡侯的简称。即诸葛亮。七擒七纵，诸葛亮为使南方少数民族心服，对其首领孟获俘虏七次，放走了七次。

③不毛：未得到开发的荒凉之地。

**【译文】**

这里讲的“纵”，不是对敌人放任不管，而是尾追得稍微放松一些罢了。孙子说：“对溃退的敌人，不要过分逼迫。”也是指这个意思。说不追，不是不尾随跟踪，只是不过分紧逼它罢了。三国时，诸葛亮施用七纵七擒的计谋，就是：既释放孟获，而又追踪他，逐次推进到边远地方。诸葛亮的七纵，他的意图在于扩大疆土，拿孟获作榜样，去降服其他的蛮族。这种作法，是服从于政治谋略而不符合作战要求的。如果按照作战要求，对被擒的敌人，是不可以再放走的。

【计名探源】

欲擒故纵这一计谋，起源于《老子》和《鬼谷子》。

原文1：“将欲歙（收缩，收敛。）之，必固（同“姑”，暂且）张之；将欲弱之，必固强之；将欲废之，必固兴之；将欲夺之，必固与之”（《老子·三十六章》）

原文2：“去之者纵之，纵之者乘之。”（《鬼谷子·卷中·谋篇》）

“欲擒故纵”一词一般认为出自《太平天国·文书（附一）》：

原文：“欲擒先纵，欲急姑缓，待而其懈而击之，无不胜者。”

【评语】

“欲擒故纵”又作“欲擒先纵”、“欲擒姑纵”。其原意为：为了要捉住他，先故意放开他，以使他放松戒备。以喻为了更好地控制，就先故意放松一步。《老子本义》上篇："将欲夺之，必固与之。"《太平天国·文书（附一）》："欲擒先纵，欲急姑缓，待其懈而击之，无不胜者。"此计用于军事是指：为了造成消灭、瓦解敌人的有利战机，而暂且放纵它，让它逃逸，尔后，加以擒获，并聚而歼之。此计有两种用法，一是对于强敌要避其锐气，消耗其物力，瓦解其斗志，使之放松警惕；二是"围三阙一，虚留生路"，以表面上的"纵"，达到实际上的"擒"。

诸葛亮七擒孟获，就是我国古代军事史上的一个"欲擒故纵"的绝妙战例。

古人认为，这里所说的"纵"，并不是对敌人放任不管，而是尾随其后，显得宽松一些罢了。兵书说："对溃退之敌，不要穷追不舍"，也就是这个意思。这里所说的不追，并不是不尾随跟踪，只是不过分紧逼而已。

**【战例】**

## 郑武公施计灭胡国

春秋时，郑武公想吞并邻邦胡国，便让自己的女儿嫁给胡国国王。这位公主到了胡国对国王百般殷勤，弄得国王整日花天酒地，不理国事。

郑武公心里暗自高兴，过了一段时间，他召集文武官员，商议如何扩张地盘。大夫关其思建议攻占胡国。郑武公沉着脸，问他："你难道不知道我是胡君的岳丈吗？"关其思不甘示弱，继续大发议论，强调国家大事不可徇私情。郑武公很恼火，厉声斥责："住口！你要陷我于不仁不义吗？你想让我女儿守寡吗？"郑武公命左右将关其思绑出殿外问斩。

关其思被杀的消息传到胡国，国王对岳丈大人很感激，以为郑国决不会来寻衅，放宽了心，更加纵情酒色，在郑国的边防日益松懈，郑国的情报人员可以自由出入。

郑武公掌握了胡国的内情，认为攻打胡国的时机已到，突然下令进攻胡国。众大臣不明白他为什么出尔反尔。郑武公向群臣解释："这是我使的欲擒先纵的计谋。我对胡国早就有吞并之意。我把女儿嫁给他，是为了刺探胡国的国防机密，杀关其思则是为了迷惑胡君，使其松懈防务。一旦时机成熟，出其不意，轻而易举地就可把胡国拿到手。"

郑武公亲率大军进攻胡国，几个回合，胡国即被郑军占领，胡国划入了郑国的版图。

# 欲擒故纵灭庸图

战国时期，楚国为了称霸，出兵攻打庸国，庸国军民面对外来侵略，同仇敌忾，奋起抗战，终于赶走了楚军，并且活捉了楚军将领子扬窗。但是由于看守不慎，被囚禁的子扬窗在被押三天之后就越狱逃回了楚国。子扬窗一回国，立即受到国王召见。

“爱将受苦了，快说说庸国的情况。”楚王急切要报仇。

“大王容禀，我看到庸国军队人马强壮，蛮人们都集中在城里，好像随时准备战斗的样子，现在攻打恐怕要吃亏，不如等我们把所有的军队也都集合齐后，再去攻打，凭我们的实力，吸取上次的教训，一鼓作气，就能拿下庸国。”子扬窗答道。

“我以为不可，必须现在马上就去攻打庸国，而且只许战败；不许战胜。”另一位楚军将领师叔接过子扬窗的话，提出了完全相反的意见。

“师将军，现在我们刚刚打了败仗，士气低落，本应休整一些时日再战。如果现在继续交战也应想办法打胜，以鼓舞士气才对，为什么要故意打败呢？”其他的将领反问师叔。“说的是，我们不打则已，打就要打赢。”不少将领也随声附和。

师叔说：“敌人刚刚打了胜仗，士气正旺，但也非常容易骄傲。我们现在进攻，敌人必然乘胜击我。我们再故意打败，敌人必然会认为我们战斗力已经衰弱，再连续战败几次，敌人就会认为我们已经不堪一击。敌人骄傲，必然疏于防范，我们乘机发动真正的进攻，定能取胜。”

三十六计之欲擒故纵

“此计确实高妙，就由你来具体部署吧！”听这么一说，楚王十分高兴地接受了师叔的建议，其他人也连声称好。

于是，楚军分别以多股兵马轮番与庸国军队交战，每次都是交手不久，便“落荒”而退。这样三日之内楚军一连和庸军打了七仗，一仗比一仗败的“残”，不少马匹、枪械还被庸军缴获，还抓了少部分楚军“俘虏”。庸军感到，楚军已经精疲力竭，不堪一击了。便不再设防，士兵也不再集中了，只剩下部分岗哨。

楚军见庸军已麻痹大意，立即抓住时机，分两路军队开始攻打庸国。同时楚军联合的秦军、巴军也跟随楚军一同包围了庸国。庸军一看这次楚军来势凶猛，不禁大惊失色，原来为庸军助战的蛮人们首先纷纷主动归顺了楚国。庸军孤立无援，又没有设防，很快被楚军消灭。楚军轻而易举灭了庸国。

## 韩信水淹齐军

公元前 203 年，韩信平定了临淄以后，马上向东追赶齐王田广。项羽派龙且为统帅，号称二十万大军，前来援救齐国，在高密与齐王的军队会师。宾客中有人劝龙且说：“汉军远离本土，决一死战，它的锋芒锐不可当。而齐、楚两军在自己的家门口作战，士兵容易逃散。最好的办法是修筑深沟高垒固守，让齐王派他的心腹大臣们去招抚已经丢失的城邑。已丧汉军之手的城邑听说自己的君王还健在，楚军已经前来救援的消息，必定都会反叛汉军。汉军客居在远离本土二千里的齐地，如果齐国的城邑全起来反叛它，汉军势必无处得到粮草，这样就可以不用战斗就使他们投降了。”龙且说：“我十分了解韩信的为人，容易对付得很！他曾依赖漂洗丝绵的老太太分给他饭吃，甚至无法养活自己；根本就没有盖过他人的勇力。这样的人实在不值得害怕。况且现在援救齐国，如果不打一仗便由汉军主动投降，我还有什么功劳啊！我要与他交战并打败他，半个齐国就可以归我了。”十一月，齐、楚两国军队隔潍水排开成阵。韩信命人连夜赶做了一万多个袋子，装满沙土，投堵在潍水的上游，然后率领一半部队渡河去进攻龙且，交战不久就假装战败，往回奔逃。龙且果然高兴地说：“我本来就知道韩信胆小如鼠嘛!”于是渡潍水追击韩信。韩信迅速派人搬开堵塞在潍水上游的沙袋，大水立刻奔泻而下，龙且的军队因此大部分没能渡过河去。韩信迅速组织反击，杀了龙且，被阻留在潍水东岸的楚军开始四散奔逃，齐王田广也逃走了。韩信随即追逐败兵到了城阳，俘获了田广。汉军将领灌婴这时也捉住了齐国守相田光，进军到博阳。田横听说齐王田广已死，就自立为齐王，回头抗击灌婴的队伍，灌婴在嬴城下打败了田横的军队。田横逃往梁地，投降了彭越。灌婴接着又进军到千乘攻打齐将田吸，曹参则在胶东进攻田既，将田吸、田既都杀掉了，齐地全部被平定了。

## 晏子的“欲擒故纵”术

春秋时齐景公派晏子去治理东阿。三年后，有人向景公说晏子的坏话，景公十分不悦，于是召晏子入朝，欲罢其官。晏子恳切地说：“臣已知错，请让臣再治理东阿三年，到那时若无人说我的好话再罢我的官也不迟。”

景公答应了晏子的请求，又派他去治理东阿。三年又过去了，人们果然说了晏子不少好话。这下景公很高兴，又召晏子入朝，要重重赏他，但被晏子拒绝了。景公问其故，晏子回答说：“前三年我到东阿，让人修筑道路，出钱出力者责怪我。我力主节俭勤劳，惩治作奸犯科的人，懒汉刁民怨恨我。权贵横行乡里，仗势欺人，我不宽恕，他们就忌恨我。周围的人求我办事，我不答应，他们就反对我。于是您就听到了别人说我的坏话。后三年我改变了做法。我不让人修路，有钱有力气的人开心了。我轻视节俭勤劳，姑息犯罪的人，懒汉刁民高兴了。权贵为所欲为，我装作不知，他们对我十分满意。周围的人求我办事，我有求必应，甚至不惜假公济私，他们对我赞不绝口。于是，关于我的好话就传到了您的耳中。现在您要封赏我，我认为应该惩罚我。这就是我不能接受您的封赏的原因。”

晏子使楚

景公至此才恍然大悟，知道晏子是一个贤臣，就把治理国家的重任交给他。只用了三年时间，齐国实力大增，跻身于强国之列。

晏子为了达到劝服景公的目的，宁肯做违反自己原则的事，用后三年的不贤反衬前三年的贤良，这种欲擒故纵的策略终于使晏子赢得了景公的信任。

“众口铄金”，一人之力，自然难敌百人之口。莫如顺众人之意，然后指出其害，明君自然会更容易接受真相。

以晏子之才，即使舌战百官也未必逊色，然而那样效果并不比姑息养奸然后指出其害好。一路披荆斩棘固然是英豪，但能因势利导以迂为直亦是上智。

## 冒顿单于灭东胡

汉初，北方有个胡国，闻得冒顿杀父自立，却要前来寻衅，试探匈奴态度，便派使臣到匈奴去，要冒顿送他一匹千里马。

冒顿已知其来意，便问群臣，群臣齐声说："我国只有一匹千里马，乃是先王遗下的，怎可轻易送给人呢?"

冒顿微笑，摇头说："我与东胡为邻，不能为了一匹马失了友谊，送给他便了。"即叫把马牵出来，交给使者带回去。

过了十多日，东胡使者又来了，递上国书，却要冒顿把老婆送给他。冒顿将信传给左右，皆义愤填膺，怒冲冲地说："东胡国王恁般无礼，连我国皇后都想要，这还了得，发兵进讨。"

冒顿又摇头说："他既喜欢我的老婆，给他算了，岂可为了一位女子，失去邻国!"立刻又把皇后交给使者带回去。

东胡国王得冒顿的良马、美人，认为对方畏惧自己势力，所以从心里轻视，日夜荒淫，毫不戒备。

过了几个月，东胡又遣使到匈奴，索取两国交界的空地。

冒顿又召集群臣计议，有主张给的，有的持反对态度的，议论纷纷，莫衷一是，但冒顿却勃然起立，说："土地乃国家根本，怎能给人？"喝令把来使和赞成给与的臣子一齐绑起来，全部斩首。

接着，立刻披上战袍，一声令下，扬声击鼓，迅雷不及掩耳，杀奔东胡去。

东胡的军队猝不及防，慌得不知所措，连战皆败，顷刻全军覆没。冒顿直奔宫廷杀了东胡王，尽灭其国。

从这个故事看，行此计必须有过人的忍耐力，不惜牺牲的决心，表面上做得干脆利落，骨子里却要磨刀霍霍。

## 智斩楼兰王

公元前77年，楼兰国王去世，匈奴最先得到这个消息，便把在匈奴当人质的楼兰国王子安归送回国，使安归当上了国王。汉朝派使臣去楼兰国传达汉昭帝的诏令，命新即位的楼兰王来长安朝见，楼兰王拒绝前往。楼兰国位于西域的最东部，靠近汉朝，中部隔着白龙堆沙漠。这里缺乏水源、草场，以往楼兰国经常派出向导，并命人背水担粮，迎送汉朝的使臣。后因多次受到汉朝官吏和兵卒的欺负，便对汉朝产生了惩戒之心，不再与汉朝来往。后来，又受了匈奴的挑拨，多次拦杀汉朝使臣。楼兰王安归的弟弟尉屠耆投降汉朝，把这些事情都报告了汉朝。担任骏马监的北地人傅介子出使大宛，汉昭帝下诏命其顺路指责楼兰、龟兹两国。傅介子来到楼兰和龟兹，责问两国国王为何背叛汉朝，两国都对汉朝表示了歉意与顺从。傅介子从大宛回来，又到龟兹，正好匈奴使臣从乌孙回来，也在龟兹，于是傅介子率其随从人员杀掉了匈奴使臣。回国后，傅介子向汉昭帝报告了此事，诏帝封傅介子为中郎，迁任平乐监。

傅介子对大将军霍光说："楼兰、龟兹两国反复无常，如不加以诛杀，就不能显示我国对他们的惩治。我经过龟兹时，感到龟兹国王很容易接近，轻易就能将其制服。我愿意去刺杀他，以向西域各国示威。"大将军说道："龟兹路远，且先到楼兰去试试吧。"于是禀告汉昭帝后派傅介子去刺杀楼兰国王。傅介子率领卫士，携带金银财宝，声称要赏赐给外国，以此为名来到楼兰。楼兰王不肯亲近他。傅介子假装离去，到楼兰的西部边界时，让翻译对楼兰国王说：“汉朝使者携带黄金、绸缎等赏赐各国，大王如不接受，他们就要到西边国家去了。”并拿出黄金、财宝等给翻译看。翻译回去向楼兰王报告；楼兰王贪图汉朝财物，便前来面见汉使。傅介子与楼兰王共坐饮酒，故意将金银财宝陈列出来。喝到大家都醉了，傅介子对楼兰王说：“汉朝天子派我来，告诉您一件秘事。”于是楼兰王起身随傅介子进入后帐，屏退侍从人员密谈。突然，两名壮士从背后用利刃刺向楼兰王，穿胸而过，楼兰王立即死亡。楼兰国的亲贵大臣、侍从人员等都逃走了。傅介子宣布楼兰王背叛汉朝之罪，说：“汉天子派我诛杀楼兰王，改立其现在汉朝的弟弟尉屠耆为王。汉军立即就到，都不许动，否则自取灭国之难!”傅介子将楼兰王安归的首级割下，用驿马送至长安，悬于未央宫北门之外。

## 曹操虚路放生

一次，曹操率军进攻壶关（今山西境内），因为该地地险城坚，易守难攻，又加上城中早有准备，所以尽管曹操用尽心机，仍然久攻不下。这时曹操内心焦躁，用鞭直指城头，愤愤地说：“等我打下这座城的时候，要把里面的人都活活埋掉”。曹操的话传到城里，城里的人想：城破之后必死无疑，拼命坚守或许有条生路。所以为了不被活埋，大家便齐心协力，死战守城，斗志反而更加旺盛。弄得曹操愈加不能攻下。

这时身边的曹仁献计说：“城不能围得太紧，不然他们就会拼死反抗，再加城内的粮食又多，如果久攻不下，反会消耗我们自己，不如放条生路，诱使他们投降。”曹操听了觉得很有道理，便下令放开一个缺口，让城里人出来，并传话说：“降者免死”。本来城里的人早已精疲力竭，当他们看到有了生路的时候，精神上的防线立即崩溃，纷纷出来投降。曹操很快攻下壶关。

曹操开始采用“逼”得很紧的办法，带来的却是“反兵”的结果。后来采用“围师必阙”的策略，放松了攻势，很快瓦解了城里人的斗志，使其军心涣散，便很快取得了胜利。可见暂时的放松，有时可收到更显著的效果。

## 石勒除奸臣

西晋末年，幽州都督王浚企图谋反篡位。晋朝名将石勒闻讯后，打算消灭王浚的部队。王浚势力强大，石勒恐一时难以取胜。他决定采用“欲擒故纵”之计，麻痹王浚。他派门客王子春带了大量珍珠宝物，敬献王浚。并写信向王浚表示拥戴他为天子。信中说，现在社稷衰败，中原无主，只有你威震天下，有资格称帝。王子春又在一旁添油加醋，说得王浚心里喜滋滋的，信以为真。正在这时，王浚有个部下名叫游统的，伺机谋叛王浚。游统想找石勒做靠山，石勒却杀了游统，将游统首级送给王浚。这样一来，使王浚对石勒绝对放心了。

公元 314 年，石勒探听到幽州遭受水灾，老百姓没有粮食，王浚不顾百姓生死，苛捐杂税，有增无减，民怨沸腾，军心浮动。石勒亲自率领部队攻打幽州。这年 4 月，石勒的部队到了幽州城，王浚还蒙在鼓里，以为石勒来拥戴他称帝，根本没有准备应战。等到他突然被石勒将士捉拿时，才如梦初醒。王浚中了石勒“欲擒故纵”之计，身首异处，美梦成了泡影。

## 孝文帝巧妙改语言

公元 495 年 5 月 26 日，北魏皇太子在宗庙举行了加冠之礼。孝文帝想要改变北方风俗，为此特意召见群臣众僚，对他们说：“各位爱臣希望朕远追商、周呢，还是想让朕连汉、晋都比不上呢？”咸阳王拓跋禧回答说：“群臣们都盼望陛下能超过前王。”孝文帝接着又问：“那么应当改变风俗习惯呢？还是因循守旧呢？”回答说：“愿意移风易俗，圣政日新月异。”又问：“只是愿意自身实行呢？还是希望传之于子孙后代呢？”回答说：“愿意传之于百世。”于是，孝文帝说道：“那么，朕一定下令开始实行，你们一律不得有违。”回答说：“上令而下从，有谁敢违抗呢？”孝文帝又说：“‘名不正，言不顺，则礼乐不能兴。’现在朕想要禁止使用鲜卑语，全部改用纯正的汉语。年龄在三十岁以上的人，由于语言习性已久，可以宽容他们不急于改换。但是，年龄在三十岁以下的人，凡在朝廷中任职的，不能允许他们还讲过去的语言，如果有谁故意不改，就一定要降免其官职。所以，各位应当严加自戒。对此，各位王公卿士同意不同意呢？”拓跋禧回答：“无不遵从圣旨。”孝文帝接着讲道：“朕曾经与李冲谈过这件事，李冲说：‘四方之人，言语不同，故不知应该以谁的为准；皇帝说的，即为纯正标准的。’李冲此话，其罪行应当处死。”孝文帝看着李冲又说道：“你有负于社稷，应当由御史把你带下去。”李冲摘下帽子磕头谢罪。孝文帝又指责出巡时留守洛阳的官员们：“昨天，我看见妇女们还穿着夹领小袖衣服，你们为什么不遵行我先前的诏令呢？”这些官员们都谢罪不已。孝文帝继续讲道：“如果朕讲的不对，你们可以当庭争辩，为什么上朝则顺从，退朝后就不听从呢？”6月2日，孝文帝下令：“在朝廷中不得讲鲜卑语，违者免去所任官职。”

## 高欢巧脱钩

北魏后期，葛荣的部下被流放到并州、肆州的有二十多万人，这些人饱受胡人的欺凌，都无以为生，前后大大小小又反叛二十六次，被杀掉了一大半，但仍图谋叛乱不止。尔朱兆深以为患，于是便问计于高欢。高欢说道：“六镇之民反叛，不能全部杀掉，应该选一位您的心腹之人，让他统领六镇人民，如有反叛者，则惩处其首领，那样的话，受惩处的人就少了。”尔朱兆说：“好主意！但派谁去比较合适呢？”贺拔允当时也在座，他建议让高欢统领六镇之民。高欢挥拳便朝贺拔允的嘴部打了过去，打掉了贺拔允的一颗牙齿，并斥责道：“天柱大将军在世的，我高欢受其调遣如鹰犬一般，今日天下之事取舍全在大王，你贺拔允怎敢僭越职权大胆妄言，请大王您杀了贺拔允！”尔朱兆认为高欢对自己忠诚，于是便将六镇之兵交与高欢统领。高欢以为尔朱兆是酒后之言，担心他酒醒之后又反悔，便赶快走出营帐，对将士们宣布说："我受大王委托统领州镇兵，你们可到汾河东岸集合，听我的号令。"于是在阳曲川建立了幕府，安营扎寨。士兵们平素憎恨尔朱兆而乐意做高欢的部下，纷纷前来投奔高欢。

诸葛亮火烧新野

没过多长时间，高欢又派刘贵向尔朱兆请示，因"并州、肆州连年霜旱，降户只好挖田鼠为食，面无人色，这样只能使您在境内的威信受到损害，请下令让他们到太行山东面乞食，等到解决了温饱问题之后再做安排。"尔朱兆批准了这一建议。长史慕容绍宗劝谏道："不能答应。今天下纷乱，人人各怀异想，高欢雄才盖世，如果再让他在外面握有重兵，这好比是借云雨给蛟龙啊，您将无法控制他了。”尔制匕说：“我与高欢有结拜重誓，何必过虑！”慕容绍宗道：“亲弟兄尚且不能完全相信，何况是结拜兄弟呢？”当时尔朱兆的左右部下已经接受了高欢的重金，于是便趁机说慕容绍宗跟高欢有旧仇，尔朱兆大怒，因禁了慕容绍宗，崔促高欢尽早出发。高欢从晋阳出滏口，中途遇上了从洛阳来的北乡长公主，北乡长公主带有三百匹好马，高欢将这些好马全部截夺下来，另用差马充数。尔朱兆听说了这件事后，便放出慕容绍宗，与之商议。慕容绍宗说道：“高欢目前还未走远，仍是您的掌中之物呢。”尔朱兆于是亲自追赶高欢，追至襄垣县，正值漳河暴涨，桥梁被冲坏了。高欢隔着漳河遥拜尔制匕道：“我之所以借公主马匹，并非有别的目的，只是为了防备山东的盗贼罢了。大王您竟相信公主的谗言，亲自前来追赶，我倒不害怕渡过河来受死，但恐怕我的这些部下都要叛离。”尔朱兆自己赶忙连说没有这个意思，于是他轻马渡过漳河，与高欢并坐大帐前，将自己所佩之刀交给高欢，引颈让高欢斩杀。高欢痛哭道：“自从天柱将军去世后，我高欢还有谁可以仰靠？只希望您长命百岁，我为您效力罢了。现在却被旁人挑拨离间，您怎忍心说出这种话呢？”尔朱兆将刀投于地上，又斩杀了白马，与高欢发誓，并且留住下来与高欢通宵宴饮。尉景埋伏下士兵想捉捕尔朱兆，高欢咬破自己的手臂制止了他，并对他说："现在如果杀了尔朱兆，他的党羽肯定会聚集起来并力来争，我们兵饥马瘦，不能与其相匹敌，如果这时候有英雄乘机而发难，那么祸害就更大了。因此不如暂且放走他。尔朱兆虽然骁勇善战，但却凶悍无谋，不难对付。"第二天，尔朱兆渡河回营，又召请高欢，高欢上马欲前去会见尔朱兆，部下孙腾牵住高欢的衣服，高欢这才未去。尔朱兆隔河责骂高欢，之后驰还晋阳。尔朱兆的心腹念贤率领降户家属另外安营，高欢假意与念贤友善，借口观赏念贤的佩刀，趁机杀了他。士兵们欢欣鼓舞，更愿意归附依从高欢了。

## 纳粹德国的"招供"

1933年初，德国纳粹分子制造了国会纵火案，妄图以此栽赃、诬陷德国共产党人，以便借口取缔共产党的活动。著名的国际工人运动活动家季米特洛夫也首当其冲，身罹此难。在著名的莱比锡审讯中，季米特洛夫义正辞严，有智有勇，从被告的不利地位，一下子击败了纳粹分子普鲁士的总理戈林。他所采用的斗争方式就是“欲擒故纵”的策略。如1933年11月4日在法庭上对戈林的驳斥就是这样。

德国国会在1933年2月27日起火，晚上纳粹就通过广播，向全国造谣：在国会大厦起火现场抓获了纵火犯——荷兰共产党员卢贝，并声称在他身上搜出了党证。第二天，德国法西斯国社党头子、普鲁士总理戈林发表了一个捏造公告，硬说国会纵火案是共产党干的，诬陷共产党把纵火作为发动武装起义的信号，因此大批逮捕共产党员，妄图消灭德国共产党，疯狂镇压德国工人运动。

季米特洛夫当时以被告身份、戈林以证人身份出庭，为了揭穿戈林蓄意制造的这场阴谋，季米特洛夫先让戈林自己讲，叫他自己暴露自己。

季米特洛夫问：“……海道尔夫伯爵在这里向法庭供称，他在2月27日11点或者12点半光景，曾经自动发布了一个指示，要求立即逮捕一切在柏林的共产党领袖和社会民主党领袖。他在这样做的时候有没有得到上级的指示？据他在回答这个问题时说，是完全出于自动的。我想问你，总理先生，在11点、12点半或者12点的光景，海道尔夫伯爵有没有同戈林先生谈起过由于国会纵火要采取什么措施的问题？”戈林回答：“……我曾经把他叫到我的办公室，跟他说，请他指示他的冲锋队员，现在必须把所有的人立即逮捕起来，——他回答说，他已经发布了这样的指示。”

## 美军故纵萨达姆

欲擒故纵还包括逼敌不可太急，迫使其绝处反扑之意。暂时给敌虚留一条生路，使其存有生存希望的前提下，懈怠斗志，消耗军力，达到轻易擒敌之目的。

海湾战争前夕，美国司法部曾声称正在收集萨达姆的罪证，将来对其“绳之以法”，逼着萨达姆只有拼命。临开战时，美国却改变了这种做法。上述收集萨达姆罪证、惩治萨达姆的说法却消声匿迹。他们清楚：一味坚持要把萨达姆当战犯押上法庭，只能逼他铤而走险，和多国部队拼个鱼死网破。相反，不逼其死路，萨达姆就会以“胜利”者的面目自我安慰，称雄于世。他可以声称敢同美国为首的20多个国家部队对抗半年之久；他的国家能承受二次大战以来最为残酷的大轰炸；他敢派地面部队主动进攻盟军阵地并一度得手；他敢袭击以色列而对方却“不敢还手”等等。总之，这一切均可骄纵伊拉克的部队。使其感到有路可退，不必孤注一掷去死拼。这样一来，伊拉克就始终没有使用既毁灭敌人又毁灭自己的化学武器；没有投入自己的全部空军同盟军拼命；没有使用自杀冲锋队……。战幕拉开后，萨达姆有退路，他的部队才立足于守，很少发动主动进攻，几乎完全处于被动挨打状态。

此外，由于当时的伊军因侵科“胜利”而锐气正盛、实力完好、信心十足。所以，盟军在消耗、炸垮、歼灭科威特战区内的伊军也采取欲擒故纵，“围三缺一”的做法。盟军完成进攻准备后，没有立即同伊军拉开地面战，而是在初战时间里退避三舍，后发制人，给伊军死里求生的时间。这种避战示弱的缓兵之策，将整个歼敌过程进行适当的拉长和扩展，不仅拖住了伊军，自己免遭大的伤亡，而且使伊军临战骄傲，斗志消减、放松警惕。盟军一举而胜。

## 智破窃案

女皇武则天赐给太平公主许多珍玩宝物，价值连城，到年底时，这批宝物被盗。太平公主把这一情况报告给武则天。武则天大怒，召来洛州的长史说：“三天之内不捉住盗贼，就问你死罪！”

洛州长史拜见了以聪敏机智闻名乡里的苏无名，请求帮助破案。苏无名说：“您领我面见陛下，到那时我再说出我的计谋。”

刘玄德携民渡江

于是，他们来到宫中。武则天问苏无名："你有把握破获此案吗？"苏无名不紧不慢地回答："如果责成我捉贼，请您不要急于求成，此事只要耐心等待，就能一举成功。另外要把捕盗的吏卒，归我全权调遣。这样我一定为陛下捉来盗贼。"武则天答应了苏无名的全部要求。

苏无名出宫后吩咐吏卒缓办抓贼之事，改变以前大张旗鼓的做法。到了寒食节那天，他才把吏卒召集起来说："你们分批守候在东门和北门。看到一伙穿孝服的胡人就跟上，暗中观察他们上坟的情况。如果他们来到一座新坟跟前，上坟时哭不悲伤，跪无诚意，你们就抓住他们。”吏卒们出外巡察，一切果如苏无名所言。吏卒们在那伙胡人上坟的棺材里发现了丢失的珍宝。

武则天对苏无名的才干颇为欣赏，欲知破案详情。苏无名说：“我上次进入都城见您之前，发现一伙胡人抬着棺材出殡。我看他们的表情，不像刚刚失去了亲朋好友，遂怀疑他们的棺材里装的是偷来的珍宝。我估计他们先把棺材埋在城外，然后等到风声不紧时再取出运走。我想，他们到寒食节那天必然还要出城，以上坟的名义运走珍宝。遂建议您破获此案不能心急，不要大张旗鼓。不急于捉拿他们不是不管不问，而是让他们放心地挖坟开棺。待他们取出罪证以后，再把他们绳之以法。”

武则天听完苏无名的欲擒故纵计谋，连声称妙，不仅送给他许多金帛，还给他官升两级。

其实苏无名并非神仙，这宗案他若是撞不见那伙人就要麻烦多了。而他既撞见又能联想到便见其聪明。接案之后，他不是大张旗鼓捉拿窃贼而是吩咐缓办意图使窃贼放松警惕，待到寒食节再一次出击，将案犯一网打尽。

# 先坏后好

有一个生活在北美的印第安部落，被入侵的白人赶出了家园，他们逃到了一个非常荒僻的地方。此时这群惊魂未定的人们，因为找不到食物而怨天尤人。为了稳定在家的情绪，酋长立即召集全部落的人开会。

酋长对大家说：“为了使大家进一步了解我们当前的危急处境，我有一个好消息和一个坏消息要告诉你们。”人们的注意力一下子全被吸引过来了。酋长接着说：“我首先告诉你们坏消息，现在除了水牛的饲料之外，我们已经没有任何东西可吃了。”大家听到已经没有任何东西可吃时，立即慌乱起来，有人以为末日就要来临了，情不自禁地放声大哭，有人不停地喊着：“可怕，实在可怕。”

突然间有一个人大声问道：“那么好消息又是什么呢？”酋长回答说：“我们现在还存有很多的水牛饲料。”这时大家都好像得救一般，兴高采烈地取来水牛饲料充饥。不安的情绪顿时稳定下来。

酋长本来要收拢大家的情绪，但是如果直接向大家说：“天无绝人之路，我们仍有生的希望。”人们肯定听不进去。现在先把坏消息告诉大家，使其更加紧张，更加不安，然后再公布“好消息”，使大家觉得实际情况并不像想像的那样糟。这样“一纵一收”，大家很自然地就安于现状了。

## 可爱的丈夫

麦迪是个有耐心的男人，即使他的朋友常常取笑他怕老婆，他还是尽量不和丽莎争吵，遇事总让着丽莎。

一年一度的秋收来临了，麦迪想邀请朋友们到家里聚餐，玩个痛快，可他又担心一旦向丽莎提出来，丽莎马上会宣布绝食。怎么办呢？他动起了脑筋。

几天以后，他对丽莎说：“收割节马上就要到了，今年你不要再做任何甜糕，家里太穷，朋友们不会来的。”

“穷？你在瞎说什么？”丽莎怒气冲冲地打断了他的话，“我们从来没有像今年那样富。我不但要做甜糕，而且还要做得又大，又好，请朋友们都来吃。”

“快做，快做！”麦迪心中暗暗喊道，但表面上却说：

“好吧，如果你做了甜糕就不要做菜了，我们不能太浪费了。”

麦迪假装叹了口气，转转眼珠说："菜也不能太多，如果你做了很多，叫人吃不了去喂猪，我们可要破产啦！"

"喂猪？你还想喂猪？我立即叫人把那头大猪杀掉。"

"那么，"麦迪继续说，"答应我，地窖里的那些酒仅仅够我们维持过冬，你就不要拿出来请朋友了，我们对付不了那场面。"

丽莎跺着脚说："你这家伙，疯啦？谁听说过吃猪肉没酒？我们不但要有酒，而且还要去买咖啡。"

"哦，亲爱的！"麦迪叹息道，"不管如何，我自己不喝酒，我不喝，其他人也不会喝。那酒是我们过冬的。"

丽莎转脸盯着麦迪，发火了："你要拿出做主人的样子，和朋友们一起把每个酒瓶都喝干。要不，我可对你不客气！"

丽莎说完就转过身，不再理睬麦迪。麦迪装出满不在乎的样子，心里却高兴万分。

收割节到了，朋友们真的来了，酒宴十分丰盛。他们围着桌子喊啊，唱啊，麦迪的声音压倒了所有的人。直到这时，丽莎才明白自己上了麦迪的当，她两眼一瞪，愤怒极了！

这个例子虽然有点戏谑的成分在里面，但也可看出作丈夫的对妻子了解之深，否则这出“欲擒故纵”的好戏也是唱不下去的。还是孙子说得好：“知己知彼，百战不殆。”

## 赔赚辩证法

“蓓蕾”的经理认为，做生意切不可算死帐，只想挣，不愿赔。有时赔是为了挣，不会赔，也就不会挣。“不舍一文，难得百万”。

按照这个逻辑，“蓓蕾”心甘情愿地做了一笔“赔钱”买卖。石家庄一家工厂生产了一种名叫“青春粉刺露”的化妆品，还没在兰州市场上露过面。“蓓蕾”得知这一情况后，立即同厂方签订了 4000 箱的供货合同。按会计计算，这批货售出后，可获纯利润 3000 多元。谁知到货时，经理却要拿出 6000 元做广告。那些天，当地的报纸、电台、电视台都成了“蓓蕾”的宣传员，兰州的青年排队抢购，外地顾客要求邮购的信件每天有几十封。不到半个月，4000 箱“粉刺霜”一售而空。一结帐，赔了 3000 元。但人们万万没有料到，厂方竟由此同“蓓蕾”建立了固定购销关系，把“蓓蕾”作为本厂在西北的惟一批发商，供应这个地区的所有产品都经“蓓蕾”批发，双方还续订了全年合同。1984年内仅经销“粉刺露”一项，“蓓蕾”就可获利50，000元。甘肃省人民政府领导同志得知此事后，对“蓓蕾”的眼力大为赞扬，并让大家从这个“三千比五万”的例子中学学“蓓蕾”的辩证经营思想。

## 诱导顾客

一对新婚在即的恋人想购置一套音响设备，但由于名牌、杂牌品目太多，加上经济限制，一时似乎难下决心。当他们正徘徊不定时，某商店一名练达的销售员看穿了他们的心思，于是走上前去，问道：

“我看得出你们很想买套音响，但不可否认，这些东西的价格都很昂贵，必须经过慎重的考虑才可以决定。不过你们也不妨再到其他商店比较比较，这对你们是很有益的。俗话说，货比三家不吃亏，所以还是慎重些。”

于是这对恋人就真的去其他几家商店作观察和比较，但也看不出任何结果。

终于，他们又回到这位销售员的商店，毫不犹豫地向他买了一套音响。

这位销售员如此懂得客人的心理，如此“老练”，实在令人深感佩服。他以渐近的方式诱导顾客，最终达到自己的目的。

## 大方百货的新招

买货容易退货难。君不见“买一送一”，“我买对了”的广告满街都是，可要退货则难于上青天。“货品当面认清，离柜概不负责”。柜台内的冷面孔要让退货者关在家里难过三整天。可是，北京市崇文区大方百货店退货也大方，用卖出货一样自然笑脸大大方方地接受顾客退货。

有一天，一位中年妇女拿着一件叠得十分褶皱的男式衬衫站到了柜台前，说颜色不合适，要求退货。这是两星期前买的一件衬衫。售货员拿起来看了看，仍然笑着说：“希望您以后注意，不要把衣服叠成一小块一小块的。”说完就给退了。这位妇女喜出望外，又选了一件棉麻女衫，满意而去。“小姐，这袜子刚买回去，儿子嫌太素，给退了吧。”“行!”柜台内的售货员又笑着接过来，退了这双仅仅 1.2 元的袜子。

大方百货，退货大方，名不虚传。这消息一传十、十传百，久而久之，“大方”的美名不胫而走，回头客愈来愈多，慕名而来的踏门客也增加了成千上万。“大方”营业额的增长，一年一个新台阶。

服务行业最核心的问题就是要能“擒”住顾客。那么如何“擒”法呢？关键就是要让顾客满意，那么必须采取些“纵”的手段。大方百货商店的经营者正是深谙此道的高手，掌握了欲擒故纵之计的精华。

## 儿童商品的推销

80年代初，“孩子宝”投放美国市场后，一下就赢得了孩子们的喜爱，成为美国玩具市场的畅销产品。“孩子宝”公司也因此发了财。可是好景不长，到1986年“孩子宝”变形金刚刚在美国赚了1万美元之后开始滞销。公司决定开发新的产品市场。凡经研究，选中了拥有3亿儿童的中国市场作为主攻目标。在确定推销策略前，他们派要员在中国进行市场调查，时间长达一年之久。在调查中，他们发现中国家庭大都是三口之家，父母对独生子女倍加亲爱，舍得各种投资，特别是舍得智力投资。变形金刚价格尽管高点，但中国改革开放后，人们收入日益提高，变形金刚又是一种智力型玩具，所以大中城市拥有广泛的市场。目标市场确定之后，“孩子宝”公司就开始实施一系列推销战术。他们先将美国自拍的《变形金刚》动画片无偿赠送给我国的上海、北京、广州、武汉等城市电视台播放。每晚六点三十分准时播出，数以万计的小朋友们坐在电视机前，欣赏着那行动怪异、变化多端的变形金刚画面。变形金刚的动作成了孩子们模仿的对象，使连续剧在孩子们的头脑中留下丁深刻的印象。变形金刚成了孩子们的好朋友。“孩子宝”公司看到时机已经成熟。就让变形金刚从屏幕上走了下来，将大量的多姿多彩，活灵活现的变形金刚投放到中国市场。这时的连续剧可成了免费广告，孩子们看到画面上曾让他们如痴如醉的变形金刚走到了人们的生活中，就摆在商店的柜台里，就像着迷似地拥向商场。变形金刚一举打入了中国玩具市场。

## 欲擒故纵的心理战

普罗特公司新近研制出一种清洁剂，可以在短时间内清除钢板等金属上的污垢，试用效果也很好。

公司为了争取时间，决定采取特定的、有目标的心理战术。

他们找了数家用钢板做家具的工厂，免费赠送一批这样的清洁剂给他们使用，用后觉得效果不错，然而，到市场上却又找不到这样的产品。一直过了许久，这种清洁剂才集中上市，出现了购者如云的局面。

原来，该公司经理采取定位推销心理战：手中自有好产品，但不着急大做广告，拓展推销点，而是采取针对专门生产钢板家具的工厂，多次免费供应这种商品，让产品的实效打动生产工人的心，通过有关系的行业逐渐渗透对这种产品的感情。有了购买欲望以后，市场老没有这种货，又让人感到这种产品真走俏，一出厂门就销完了，更增添了对它的几分热情。当大批清洁剂上市后，销售的利润也直线上升。

普罗特公司的“欲擒故纵”谋略获得了巨大的成功。

## 用老鼠招客

有一家四星级的高级饭店，虽然各种设施非常豪华，服务态度也极其热情，但是所处位置较为偏远，不得“地利”，所以生意并不兴旺，老板正为此而大伤脑筋。

一天，一服务员正在打扫卫生间，不知从哪里惊出一只老鼠，突然窜入客房，吓得一位女旅客如临大敌似地逃到走廊里大喊大叫。四星级大饭店的客房有老鼠，传了出去，对于生意本来就不兴旺的饭店来说，无疑是雪上加霜，老板一时也慌了手脚。立即召集公关部全体人员商量对策，大家认为，这件事已经有不少人知道，瞒是瞒不住的，不如将计就计，把它公开了为好。于是他们就索性设计这样的广告："各位旅客，为了给诸位增添旅行的乐趣，本店养有二只金毛鼠，作为吉祥物，哪位客人能有幸看到，可得奖励1000美金。若能将其抓获，可得奖励5000美金。便请千万不要伤了它的尾巴。"广告一出，很多好奇的旅客纷纷前来投宿，一时门庭若市。但是没有一个人看到的所谓"金老鼠"，所以大家都抱怨说："该店根本就没有什么老鼠。"这样一来，该店无鼠害的名声便传播开来。

大饭店里出现了老鼠，这本是一件丑闻，弄不好就会吓走所有的旅客，这件事当然要千方百计地封锁起来才行。他们为了隐瞒这件事，却变了一个花样来大肆宣传这件事，结果收到了意想不到的效果。这就是想要封锁，反而故意"放出"的计谋。

## 欲取先予

只有顾客受益，企业才能获利。

赵子龙单骑救主

美国加州萨克拉门多，有位叫H·D·T青年，经营家庭用品函售业务。首先他在一本杂志刊登“一元美金商品的广告”，而他所贩卖的都是名厂出的实用商品，其中约百分之二十商品进价超过一美元，百分之六十的刚好一美元。广告一出，订货单像雪片般的飞来，他便用客户汇款购货，他知道汇款越多亏损也越多，于是在寄给顾客商品时，另附三元以上至百元以下的商品目录和图片说明及一张空白汇款单，争取在这方面获得补偿。由于他以小金额商品亏损，换得了大量顾客的“安心感”和“信用”，顾客再买较昂贵商品时就无戒惧之心，从而迅速扩大了营业额，不仅没赔本，而且获得了很大利润。一年后，他成立了H·D·T函售公司。一年后，他雇用了五十多名员工，1974年销售额多达五百万美元。做生意谁都想赚不想赔，即都想“取”而不想“予”。但矛盾恰恰在这里，“取”和“予”在这里存在着一种辩证关系，毫无所“予”，就必然一无所“取”，也就是说投入是获利的前提，只有失才有得，一味索取是完全违背经商之道的。欲取先予之计本身并不复杂，关键在于施计者本人要有经商的勇气和眼光。所谓勇气，就是要打破经商者共有的喜赚恶赔的心理，舍得做出牺牲。而这种勇气并不是人人都具备的，很多人一想到未赚先赔就会打退堂鼓。所谓眼光，就是经商者要能看到利润潜力之所在，赔在哪里能够赚回来。先赔后赚，实质上是赚，绝不是赔，只不过是个顺序问题。因此，后赚是决定此计施行的要素，后赚的数量又决定了先赔的规模。

## 五分钱糖块

几位顾客来到美国加利福尼亚州的贝尔特拉莫酒店。在柜台前把信用卡交给了店员，要买一箱酒。信用卡是美国捷运公司的，大概当时菲尼克斯捷运公司很忙，因为店员为了核实信用卡花了三四分钟的时间才将电话接通。最后，他终于核实了，并把信用卡交还顾客；然后他从一个老式糖罐里拾起一粒 5 分钱的薄荷糖放进了顾客口袋，一边说：“对不起各位，我耽误你们时间了。这是不可原谅的。希望以后不再发生这样的事。你们知道我们很重视你们的买卖。欢迎不久再来光顾。哦，祝你们晚会愉快。”这位店员就这样赢得了顾客的终生信任。这几位顾客都打定主意今后要去这“白送 5 分钱糖果”的商店买东西。

美国捷运公司电话占线不是店员的责任，而是因该公司高峰时间电话线路太少。但是这个店员却把它作为自己的问题来承担，丝毫没有推卸的意思。他并没有说“美国捷运公司那些畜生在高峰时间总对我们来这一手”。而是说：“对不起各位，我耽误你们时间了。”

企业的超群出众，是靠一公分一公分乃至一毫米一毫米地进展得来的。光靠一次行动是不行的。如果是成千上万次，而且每一次都能有小许的改进，那么积少成多，最后肯定会在企业中产生效果，既得到顾客信任，又有较高的利润。

## 给食客回扣的餐厅

1975 年，阿汉从越南逃难到美国时，是一个身无分文的穷光蛋。为了维持生活，他和妹妹不得不靠救济金度日。1977 年，阿汉便向卖汽水的老板租用了一个汽水店，尽管在两年时间内他都没有足够的钱交店租，但他仍然借钱修好了这间店铺，使之焕然一新，并凭着兄妹二人从救济金里“抠”出来的1200元美金，从裤腰带里“紧”下来的200斤粮食，在汽水店开了一家“兄妹餐厅”。

为了赢得更多的食客光顾，阿汉采取了给食客发回扣的特殊经营策略。任何一位食客，只要光临他的餐厅一次，阿汉就给他上一个“户口”，并记下帐目。以后，这位食客光顾一次，帐单上的数目都会被阿汉如实记上“户口”。每年到了9月30日，阿汉的财政年度结束，便会按照“户口”上的记载，结算出每位食客一年中到本店吃喝的总金额，然后把该餐厅赚到纯利的百分之十，按比例分给每位食客作为回扣。从1977年至1988年，阿汉兄妹俩经营餐厅十一年给食客发放的回扣竟达25万美元。照此推算，阿汉兄妹赚取的纯利润高达250万美元。

阿汉兄妹餐厅的常客，在广告业任行政工作的比尔·哈利，评价阿汉的经营策略时说：“这个回扣办法十分好。当然，我经常光顾这家餐厅，是因为他的食物味道好，价钱亦十分便宜。不过，给食客发回扣，使食客时时感到自己是这家餐厅的一分子，因此能自觉地同老板合作，沟通了经营者与消费者之间的关系，这是阿汉兄妹餐厅经营成功的诀窍。”

经营竞争不像于刀枪相对的战场，但是，在“利”的问题上颇有相似之处，因为谁也不愿意去做亏本的买卖。高明的经营者决不会唯利是图，独吞全利，而是使经营的对方也能得到利益，这才能抓住顾客，巩固市场。正如有位学者所说：“诸利并取则诸敌并树，诸敌并树则诸利并失”；“取一利而留他利，则诸友并存，诸友并存则诸利并在”；“故欲利我必先利客，利客所以利我也”；“我有利，客无利，则客不存；我利大，客利小，则客不久；客我利相当，则客可久存，我可久利”。两论“异曲”而“同工”。

## 法国狂人的激将法

卡恩自称是软件行业中的法国狂人。他 31 岁时白手起家创办了波朗公司，并在短短四年内使波朗挤入世界第一流的微电脑技术软件公司之列。

1985 年 5 月，他创立波朗公司，并决定开办邮购业务。在一本计算机杂志登一页广告要花 2000 美元。他没有钱，怎么办？于是他们想了巧妙的“激将法”。

他邀请一家一流杂志的推销员来波朗公司办公室，事先请了些朋友扮成秘书或从外面打电话进来，使人感到办公室里的业务相当繁忙。墙上也挂着不断跳动的图表。上面是一些主要广告杂志的名称，还记着有关如何吸引新闻界的一项重要策略，部分数字被遮住。

当推销员到来时，卡恩大声嚷嚷 2000 美元太贵了，他可用这笔钱到其它杂志做更好的广告。马上他又被叫进另一间房去“接东京来的电话”。他从门缝里看见那推销员正费劲地研究那张假图表。

当他重新回来时，推销员迫切地说：“我们可以给你优惠。”卡恩说这本来就应该优惠的。所以仍然不干。

最后推销员同意完全用赊款的方法为他做这次广告。因为他觉得这是个难得的客户。卡恩说，如果这本杂志真的有很好的效果的话，他可以试一试。结果这本杂志真的给他带来了良好的广告效应。他通过邮购业务逐渐拓宽了经营方向，增强了自己实力，最终成为软件业很有影响的人物。

卡恩谈判中使用的就是欲擒故纵的手法，很值得我们借鉴。

## 雅马哈电子琴风靡全球的战术

80 年代的中国，几乎家家都捧着一颗掌上明珠。

无数家长为了让自己的独生子女出人头地，不惜重金培养，于是，风靡全球的雅马哈电子琴轻而易举地占领了中国市场。

别看雅马哈进入中国是靠了中国“小皇帝”们的威风，但当初能走向世界却完全是靠他们那富于远见的市场战略呢。

雅马哈产品行销市场的前奏曲是“普及音乐”。为便于开展活动，雅马哈公司在60年代初专门组建了具有法人资格、名称响亮的“雅马哈音乐振兴会”，并由该振兴会主持，在日本各地为4～6岁的儿童举办雅马哈音乐辅导班，赢得了家长们的好感。以后雅马哈又逐步向海外扩张，在一些有潜在市场的国家开办辅导班，辅导班里当然少不了雅马哈的乐器。随着音乐的普及，雅马哈的名字和形象也普及到了孩子们和家长的心中。为了使雅马哈常销不衰，雅马哈的普及音乐活动一直坚持到现在。公司一旦发现某歌星曾在雅马哈辅导班学习过，便立即大肆宣传，借以提高雅马哈的声望。此外，公司还通过每年主办的雅马哈歌咏比赛会、世界民谣节等活动来扩大影响。

对某些产品来说，这种间接推销战术往往会收到比正面直接推销还要好的效果。

## 保姆公司的“母亲精神”

日本的保姆公司把“母亲精神”变成了更直接的行动。帝国饭店坐落在东京市的日比谷。饭店的一间工作室内静得全然听不到市中心的喧闹声和汽车马达声，给人一种似乎与世界隔绝的感觉。突然，室内的电话铃响了。“请您告诉一下孩子的姓名、出生日期、血型……”一位自称“家庭教师”的姑娘拿着话筒耐心细致地询问对孩子的情况，然后将内容一一写在记事簿上。“麻烦您留下您去宴会的时间、地点，请把尿布准备好，花 100 日元可买到纸尿布，普通家庭用的也可以……”

几年前，保姆服务公司开始在帝国饭店增设了临时照看婴幼儿的服务项目。一般情况是，当夫妇 2 人同去参加喜宴、圣诞节晚会或公司举办的宴会时，才把孩子送到婴儿代管室来。一位在这里工作的保姆说：“过去，除意外情况，夫妇二人想把孩子托给别人自己单独到饭店或娱乐场所是绝对不可能的。看看现在的情况，到这里来的夫妇该是多么幸福啊！

据说，送到这里的婴幼儿代管室的孩子多半是一两岁的婴儿。

# 可口可乐登陆中国

美国可口可乐公司进军中国市场使用了欲擒故纵的推销术。在世界饮料市场中，路人皆知的要数美国可口可乐公司生产的可口可乐了。1981 年 50 岁的尤兹达以其具有的“超常识”能力被任命为公司董事长。他上任后办的第一件事就是要把可口可乐打进拥有 11 亿人口的中国饮料市场。为此，尤兹达及公司的经销人员制定了周密的推销计划。他们一反通常人们惯用的为打开一个新市场而大量倾销商品的做法，依照我国古代思想家的“将欲取之，必先予之”的思想，采用了投饵钓市场的推销微略，获得了巨大的成功。

可口可乐公司先与中国粮油进出口公司签订合同，无偿向其提供价值巨大的可口可乐罐装设备，并提供价格低廉的浓缩饮料。当中国生产的可口可乐罐装饮料，以它独特的“可口、清爽”的特性投放市场时，铺天盖地的广告战术又拉开了。电视里、报纸上以及广告牌等，随处可见那特有的红色瓶底上印有白色的可口可乐英文字母的商标。很快可口可乐在中国城市以及部分发达农村便家喻户晓了。由于产品质优价廉，中国的厂商都乐于生产和推销美国的可口可乐。可口可乐就这样一举打入了中国市场。可当市场打开以后，生产企业再要进口他的设备和原料，可口可乐公司就要根据需求情况来调整价格。从 80 年代到 90 年代的十多年时间里，美国可口可乐产品在中国一直畅销不衰。生产厂家也由 1 家发展到 8 家，销售量由最初的几百吨提高到几千吨，销售价格也由几分钱一瓶发展到几角，最后达到一元多一瓶。可口可乐公司用这种方式在中国发了大财，当初无偿向中国提供的设备的投资早已收到不知多少倍了。“擒”和“纵”存在一种辩证关系，欲擒住对方，就得先“纵”，投入越多，赚钱就会越多。认识了这条规律，才不致背离经商之道。

## 巧取巴拿马运河开凿权

众所周知，巴拿马运河是美国控制的一条内河航线，美国每年要从这条运河上要赚一大笔钱，而且这条河的战略地位十分重要。前巴拿马总统诺列加就是因为不听美国指挥，表示要按时收回巴拿马运河主权而得罪了美国，被美国“宪兵”抓到美国受审，判刑的。但是巴拿马运河最早却不是由美国开凿的。19 世纪末，有一家法国公司和哥伦比亚签定了一项合同，打算在哥伦比亚的巴拿马省内（注：当时巴拿马尚未独立）开凿一条连通大西洋和太平洋的运河。

主持这项工程的总工程师就是因开凿苏伊士运河而闻名世界的法国人雷赛布。凭着过去的成功经验，他认为完成这项任务不在话下。但工程一开工就遇到了麻烦。原来，巴拿马的环境和苏伊士有很大的不同，工程进度很慢，而且公司的资金也开始短缺，公司陷入了困境。

刘豫州败走汉津口

美国总统罗斯福听到这个消息，心里非常高兴。决定购买运河公司，由美国开凿巴拿马运河。因为，美国对开凿这条运河也早有打算，只因法国下手太早，抢先和哥伦比亚签定了合同，使美国被动一步，懊悔不已。这下机会来了。

法国也知道美国早有此意，便先下手抢到了这块肥肉。但法国运河公司目前又面临困境无法经营，不得已，法国公司代理人布里略访问了美国，提出要出卖运河公司，开价是一亿美元。法国认为，美国一定会很高兴地买下。

美国尽管早就对运河公司垂涎三尺，知道法国公司要出售更是欣喜若狂。但表面上显得并不怎么热情。罗斯福故作姿态，指使美国海峡运河委员会提出一个调查报告，以证明在尼加拉瓜开运河省钱。报告煞有其事地称："在尼加拉瓜开运河的全部费用不到 2 亿美元。在巴拿马开运河直接费用虽然只有一亿多，但并不合算，因为需要另外付出一笔收购法国公司的费用。这样加起来，开巴拿马运河全部费用就将达成 2.5 亿多美元。"这个报告自然要让法国公司代理人布里略先生"过目"。

布里略一看报告吓了一跳。心想，如果美国不在巴拿马开运河，法国不是一分钱也收不回来了吗？于是他马上游说，表明法国愿意降价出售运河公司，只要 4000 万就可以了。罗斯福一听，立即指示用 4000 万买下了运河公司。仅此一项美国就少花了 6000 万美元。法国人还以为挺幸运，总算收回了 4000 万。却不知上了罗斯福的当。

买下公司后，罗斯福又对哥伦比亚政府故技重演。

他指使国会通过一项法案，规定美国如果能在适当时机内和哥伦比亚政府达成协议，美国将考虑开凿巴拿马运河，否则，美国还将选择开凿尼加拉瓜运河。

这样一来，该轮到哥伦比亚政府坐不住了，马上指使驻美国大使找到美国国务卿海约翰协商，签定了一项卖国条约，同意以 1000 万美元的代价长期租给美国一条两岸各宽 3 英里的运河区，美国每年另外付给哥伦比亚 10 万美元。这个协议给美国带来的却远不是几千万的利益，难怪后来诺列加稍有反叛就受到了美国“制裁”。

罗斯福不愧是老谋深算，他欲擒故纵，形退实进，既网开一面叫法国人、哥伦比亚人有“甜头”可吃，又趁火打劫，捞了大便宜。

## 允许仿造

前些年，美国柯达公司同时在 27 个国家推出大众化的“自动式”照相机。此相机，如它的广告所说：“柯达照相机的专利，本公司绝不独占，我们允许所有厂家仿造。”对此人们十分费解。

随着“自动化”相机牢牢占领市场，“柯达”胶卷又后浪推前浪地席卷全球。这时，人们才慢慢悟出其中的道理：放弃相机的专利，目的就是拓展照相机市场，最终必然刺激胶卷的销售，简而言之，就是“给你一盏灯，让你不断来买我的油。”

## 赚回头客的钱

按照传统习惯，宾馆饭店是外地人到本埠作短期逗留的暂栖之地。本地人有家有室，不是非常特别的原因，极少在本埠宾馆中留宿的。但这些已是过时的陈旧观念了。

如今时兴起本地人住本地高档宾馆的潇洒之风。自从自娱自乐的卡拉 OK 风靡开来以后，几乎所有的青年人都迷上了这项活动。最初，他们在家里用自家的音响设备娱乐，但因为身居住宅楼密集区，音量一大，便影响左邻右舍、楼上楼下的关系。要尽兴一唱，需到专门营业性的卡拉 OK 厅去。但是营业的卡拉 OK 歌舞厅到了一定时间也要打烊。歌迷仿佛还不能尽兴，索性在有卡拉 OK 设备的宾馆包下房间，唱他个一醉方休，罗曼蒂克到极致才归。聪明的宾馆经营者注意到了这个新潮流，将一部分客房改装成多个包厢式的小型卡拉 OK 歌厅，供应茶水、点心，像接待外地人一样接待这部分本地客人。

还有，旅居大城市的外地大学生成千上万。他们多数是卡拉OK的行家里手。他们不能带着一套昂贵的卡拉OK设备上大学，但是一天不唱，喉咙发痒。他们也成了当地卡拉OK宾馆的主顾。

而今，又实行起5日工作制。一些腰包鼓起来的人厌烦周末呆在家里做家务，也学起香港人或洋人，要上高档宾馆享受享受，或夫妻同去，或全家齐往，或是一大群单位同事、朋友结伴上宾馆住一晚，嘻嘻哈哈闹一个通宵而不亦乐乎。那分情趣，未经历者不知其滋味。因此，有些公司常常出资让本单位职工不时集体上宾馆乐一乐。

宾馆为了竞争这部分客源，希望他们成为宾馆的常客，往往发给本地客户消费优惠卡，凭卡可以定期或不定期地来宾馆享受服务。至于价钱嘛，好商量，毕竟都是本地人嘛！

## 来点怪招

如果一名汽车推销员来拜访你时，你一定会想到：“这家伙又来向我推销汽车了。”

如果他是一名优秀且颇具名气的推销员，你一定会认为他向你推销的不是名牌也必是价格昂贵的汽车。

某先生拥有一部老车已不敷使用了，于是，这一阵子便有许多推销员来推销汽车，使他感到不耐烦，自然造成他重重防御的心理。只要推销员一上门，他就会想："这些家伙又来了，我绝不会上他的当。"

由于这些人为了推销他们的汽车，不是说："你这部老爷车早已破旧不堪，实在有失你的身份。"就是说："你已经换过太多的零件，还不如将这些费用购买一部新车更划算。"

这些话多么不堪入耳啊！所以，只要一见到他们，他心中就起反感。

某日又来一名中年汽车推销员，他直觉的反应就是："这家伙是来推销汽车的，我绝不会上他的当。"

可是当那个推销员一看见他的汽车便说："你这部车起码还可用上一年半载的，现在就换车的话，也太可惜了，我看还是过一阵子再说吧！"说着便递张名片给他径自离去。

听他这么一说，这位先生顿时感到自己的整个防御心理崩溃了。接着，他马上按照名片给那位仁兄拨通了电话。结果如何，各位可想而知了。

因为这位推销员工作太出乎他意料，简直违背了他原来的期待。所以，在这种得不到期待的情况下产生的空虚感使他很自然地投降了。当然此刻这位先生已是十分乐意地向推销员购买新车了，因为他的防御心理完全被瓦解了。

## 引君入瓮

要想使一种新产品进入千家万户，做到家喻户晓，不仅要积极地进行广告宣传，还必须突破传统的思想模式，出奇制胜。

美国有一家公司专门经销煤油及煤油炉。创立伊始，大肆刊登广告，极力宣扬煤油炉的诸多好处，但收获甚微，其产品几乎无人问津，货物大量积压，公司濒临绝境。有一天，老板突然灵机一动，招来手下职员，让他们登门向住户无偿赠送煤油炉。职员们大惑不解，还以为老板愁疯了呢，看着老板那诡秘的神情，只得依令而行。

住户们得到无偿赠送的煤油炉，真是大喜过望，岂有拒收之理？一个个竞相给公司打电话，索要煤油炉。不久公司的煤油炉就赠送一空。

当时炉具还没有现代化，什么煤气、电饭锅、微波炉都没有，人们生火做饭只能用木柴和煤。这时，煤油炉的优越性明显地显现出来了，家庭主妇们简直一天也离不开它了。很快她们便发现煤油烧完了，这回只能自己到市场上去买，公司可一毛不拔了。当时煤油价格并不低，但已离不开煤油炉的人们也只得掏腰包了。再后来，煤油炉也渐渐用旧了，于是只好买新的。如此循环往复，这家公司的煤油和煤油炉便畅销不衰。

这家公司深谙做广告的艺术，在这宣传新产品之战中，采用了欲擒故纵的战术，先抛出几个诱饵，以引起人们的广泛注意，然后再开始“言归正传”。至于先前付出的那笔代价，自然是羊毛出在羊身上，就是真的白白送掉，也只是相当于一小笔广告费而已，而其宣传产品的效果远比那些干巴巴的广告好得多。

## “海盗”饭店

位于法国利维拉的“海盗”酒店，它的经营方式可谓别出心裁：客人进入酒店后，可以胡作非为砸坏窗户、打破玻璃器皿烧毁桌椅。总之允许客人尽情发泄，大肆破坏，以满足他们的“破坏欲”。

在“海盗”酒店进餐，花费昂贵。6人一桌的酒宴，收费3250美元。晚上，到这里进餐的客人，都点些如好吃而且价钱不低的名菜，再要几十瓶香槟，由身穿海盗服的侍者上桌。不过，他们到这里来并不是为了吃平静的烛光晚餐，而是为了“娱乐”。他们吃了一些东西，就开始用香槟互相喷射。晚餐后，则是真正“娱乐”的开始：首先，他们将自己坐过的椅子用力在地板上摔打、砍碎；然后将各种家具堆在一起放火焚烧；接着，又把玻璃器皿和窗户打烂，捣毁。在这里，即使你是一个循规蹈矩、仪表斯文的人，也会受到感染，变得疯狂。目前，每天晚上都有数以万元的东西遭客人破坏。这些被毁坏的东西，酒店则根据其毁坏的程度，由顾客酌情赔偿。一般是几千元。不过，光顾这间酒店的人，都是非富即贵的有钱人，区区数千元，他们根本毫不在乎。

“海盗”酒店是全世界最疯狂的酒店。自开业以来，吸引了不少好奇的名人到餐，目的也是想在此尽情地疯狂一番。

## 登门销售

在美国，有一种登门销售的战术。推销人员最初先向顾客提出一个可以接受的小要求，而后逐步升级，提出较大的要求，这样易于达到目的。

有一家吸尘器厂的推销员在一次走门串户的推销过程中，来到一个住户门前，向家庭主妇提出一个小小的要求，即想进屋喝点水。好客的家庭主妇把推销员让进了家门。进屋后，推销员一面喝水一面同主妇拉起了家常，不知不觉地又过去了一些时间。这时，推销员发现这个家庭没有吸尘器，就佯装为感激主妇热情招待，愿意帮她点忙，这个主妇自然也不好拒绝这个要求。于是他便从包里拿出了吸尘器在她的地毯上工作起来，一边干一边介绍吸尘器性能如何好，使用如何方便，噪音如何小等等。最后，他问主妇买不买吸尘器。到了这个时候，这个主妇看来不得不买这种吸尘器了。

# 第十七计 抛砖引玉

**【原文】**

类以诱之[①]。击蒙也[②]。

**【注释】**

①类以诱之：类，同类，此处指以极其相类似的事物为伪装。意思是用巧妙的伪装引诱敌人。

②击蒙也：《易·蒙》卦："上九，击蒙，不利为寇，利御寇。"《六十四卦经解》："击，治也。"蒙，物初生之形，引申为蒙昧无知。意思是：使敌人受骗而变得愚昧无知。

**【译文】**

用极相类似的东西去迷惑敌人，使愚昧的敌人上当。

**【按】**诱敌之法甚多，最妙之法，不在疑似之间，而在类同，以固其惑。以旌旗金鼓诱敌者，疑似也；以老弱粮草诱敌者，则类同也。

【译文】

诱惑敌人的方法有很多，最巧妙的办法，不是在模糊近似、使人感到相像又不像，而是要以类同的东西，去牢固地迷惑敌人。用虚张旌旗、鸣锣击鼓的方法去诱惑敌人，就是属于疑似的一类；出示年老体弱的士兵，或制造有粮或无粮的假象去诱惑敌人，就是属于类同的一类。

【计名探源】

抛砖引玉，出自《传灯录》。相传唐代诗人常建，听说赵嘏要去游览苏州的灵岩寺。为了请赵嘏作诗，常建先在庙壁上题写了两句，赵嘏见到后，立刻提笔续写了两句，而且比前两句写得好。后来文人称常建的这种作法为“抛砖引玉”。

【评语】

“抛砖引玉”原意为：用粗浅的、不成熟的意见，引出他人高明的成熟的意见，以示谦恭之意。《景德传灯录》十《从谂禅师》：“师云：‘比来抛砖引玉，却引得个墼子。’”《太平乐府》七元贯云石《斗鹌鹑》《佳偶》曲："他道是抛砖引玉，俺却道因祸致福。"此计用在军事上是指用类似的事物去迷惑、诱骗敌人，从而借机取胜的谋计。"抛砖"的目的是"引玉"，其关键在于怎样"抛砖"。

古人认为，迷惑敌人的办法很多，最巧妙的办法，不是用似是而非这样的容易引起敌人猜疑的办法，而是要用类似的方法：凡是用张设旗帜、擂响战鼓去迷惑敌人的，那是用似是而非的方法；凡是用老弱残兵、军粮柴草去迷惑敌人的，那才是用类似的方法。

**【战例】**

## 抛砖引玉招贤才

公元前 318 年，燕王哙（kuài 快）把王位禅让给他所信用的执政大臣子之。子之力图革新燕国的政治，遭到旧贵族的反对。四年后，以太子平和将军市被为首的贵族集团造了子之的反，燕国大乱。齐宣王乘机伐燕，攻破燕国的都城蓟（今北京市西南）。太子平死于内乱，燕王哙与子之为齐所杀。赵武灵王于燕国内乱时迎公子职于韩，并护送归燕，即燕王位。这就是燕昭王。

昭王即位时，燕国由于内乱外患而破败不堪。昭王发愤图强，决心复兴燕国，报齐入侵之仇。他知道，要把国家治理好，首要的是要有各方面的优秀人才。因此，他思贤若渴，愿得天下贤士为自己办事。他放下君王的架子，亲自登门向贤者郭槐请教招贤之策。郭槐告诉他说："成帝业的国君，以贤者为师而与之相处；成王业的国君，以贤者为友而与之相处；成霸业的国君，以贤者为臣而与之相处；连国家也保不住的国君，则待贤者如仆役。越是贤明的国君，对待贤者的态度越应该尊敬才是。"昭王说："寡人我倒是愿意向所有的人学习，只是苦于没有好老师。"郭槐说："我听说这样一个故事：从前有个国君，用千金去买千里马，三年未能如愿以偿。身边的侍从对国君说：'请让我来完成此项任务。'国君就打发他去了。结果那侍从花五百金买了一堆死马骨头回来。国君大怒道：'我要的是活马，死的有什么用？竟花掉那么多钱！'侍从回答说：'死马尚且用五百金来买，更何况是活马呢？价格必不止此数。天下的人必然都以为国君肯出高价买马，千里马肯定会送上门来。'果然不出侍从所料，不到一年的功夫，就得到三匹千里马。如今国王真的想招徕天下的贤士做老师，那就请从我郭槐开始，把我当成骏马的骨头对待吧。我郭槐尚且受到敬重，比我贤能的人就会不远千里而来。”

于是，燕昭王依计而行，为郭槐修建华美的住宅，并以师礼事之，对他特别优待。不到三年，就有赵国的名将乐毅、齐国著名的学者邹衍、谋士剧辛纷纷从四面八方来到燕国。真可谓群贤毕至，人才济济。有了贤人的辅佐，再加上昭王能够和百姓同甘共苦，终于收到富国和报齐仇的预期效果，实现了自己的宿愿。

## 吕布脱险

公元 192 年，吕布与司徒王允诛除了董卓之后，由于王允执意不赦跟董卓入京的凉州人，因此，引起了董卓的一些旧将的不满。以李傕、郭汜为首的凉州旧部起兵攻下了长安，纵兵抢掠，居民死伤无数。吕布仅带领数百骑逃出武关，企图到淮南投靠袁术。可是，袁术认为吕布先杀丁原，而后又诛董卓，反复无常，因此，拒不接纳他。没有办法，吕布只好去投奔袁绍。因为袁绍与董卓有宿怨，吕布又自以为有除董卓的功劳，袁绍一定会对他感恩戴德。所以吕布投靠袁绍之后，自恃自己骁勇，对于袁绍的部下十分轻慢，这引起了袁绍的不安。当时，正逢袁绍与张燕的黑山军战于常山。张燕本来是黄巾起义的余部，拥有精兵万余，骁骑数千，而吕布则率领成廉、魏越等将冲锋陷阵，正像当时人们所说的那样：“人中有吕布，马中有赤兔。”不久，就击溃了张燕的军队。战场上的胜利，使吕布更加忘乎所以，乘势纵兵大掠，这就更进一步引起了袁绍的不满。当吕布发觉了袁绍对自己的不满之后，为了避免杀身之祸，向袁请求准许他离开河北。袁绍立即答应了他的请求，并且委任他为司隶校尉。实际上，司隶校尉仅仅是一个空头支票，因为当时长安和洛阳都不在袁绍的控制之下，吕布根本没有办法去赴任，前途只能是自己到外面去谋求生路。

吕奉先乘夜袭徐州

但是，对袁绍来说，放吕布离开河北，等于放虎归山。袁绍在心里害怕一旦吕布异日东山再起，反而危害自己。于是，在吕布启程的那天早晨，袁绍派了三十个精壮的勇士跟随吕布，名义上是护送吕布，实则想让这些勇士寻找机会除掉吕布。当天晚上，吕布等一行人走到了一个所在，便决定在这里过夜。吕布命令袁绍派来的三十名随从人员住在他帐篷的附近，当天色渐渐黑下来的时候，吕布让自己的一个亲信在帐中鼓瑟，而本人却偷偷地溜了出去。那三十名侍从在附近的帐篷中听到吕布这边瑟声不断，都以为吕布仍然住在帐中。夜深了，刺客们听到吕布帐中的瑟声已经停了许久，估计吕布这时已经睡着了，便从外面一涌而入，冲到吕布的床前，借着月光，看到吕布卧在床上，便胡乱砍了起来，然后，回到袁绍那里报功去了。第二天早晨，袁绍又派人到吕布的住地去核实，发现吕布已经带着成廉等部下开拔了。原来，那些刺客所砍的只是一条经过伪装的空棉被。袁绍听到吕布没死，害怕吕布回兵报仇，马上下令关闭城门。吕布则乘无人追赶的机会，到河内投到张扬门下。

## 李世民夺天下

李渊之所以能夺取天下，全出于秦王李世民的功劳，因而人心多归向李世民。李建成因是嫡长子，被立为太子，然而却危不自安，总想害死李世民。

一天夜里，李建成召李世民饮酒，酒里放上毒药。李世民饮酒之后，心里突然暴痛，接连吐了数升血。李渊知道了这件事后，对李世民说："你首先谋划大计（指李世民劝李渊起兵反隋），平定海内，这都是你的功劳。我想要立你为太子，而你却极力推辞。如今建成为太子已经很久了，我不忍心剥夺他的位置。我看你们兄弟好像水火不相容似的，我要派你去镇守洛阳，自陕西以东都归你管辖，仍旧树立天子的旗号，如同梁孝王的故事一样。"李世民哭着一再推辞。

等到李世民将要去洛阳时，李建成、李元吉又在一起密谋，说道："秦王若是到了洛阳，就不能再控制他了。如留他在长安，他不过是一个匹夫，收拾他很容易。"就暗中派多人写诬告信，在李渊面前诬陷李世民，说秦王左右的人听说要去洛阳没有不高兴异常的，看样子恐怕不能回来了。高祖轻信了密告，打消了让李世民去洛阳的念头。

李元吉又秘密请求杀死李世民，秦王手下的人诚惶诚恐，不知如何是好。李建成、李元吉又以秦王府骁将太多为借口，想要引诱这些人为自己所用。于是暗地里用一车金银器赠给尉迟敬德，敬德坚辞不受，将这件事告诉了李世民。李世民说："您的心地如同山岳一样高大，虽然金银如山，也不为之所动。"元吉因此而怀恨敬德，在李渊面前说他的坏话。李渊要杀敬德，李世民极力请求，才免了敬德一死。

当时房玄龄、长孙无忌等人都劝李世民及早决定大计，李世民一时犹豫不决。正好赶上突厥入侵边塞，李建成就推荐李元吉率兵去迎击，密谋邀请李世民在昆明池为李元吉饯行，让壮士杀死他，之后立李元吉为太弟。率更丞王晊将他们的密谋告诉了李世民，李世民又转告给长孙无忌。无忌听了，劝李世民先下手为强。李世民叹道："骨肉互相残杀，是古往今来最为人深恶痛绝的事。我很清楚，灾祸就在旦夕之间，我想等待着它的发生，然后讨伐他们的不义之举，不是很好吗？"众人仍旧苦苦劝告李世民，叫他卜一卦以测吉凶。幕僚张公谨从外地来见李世民，见此情形，拿过龟板扔在地下说："卜卦是为了解决疑难，没有疑问占卜什么呢？占卜而得不到吉卦，难道束手待毙吗？"

李世民随即向李渊密奏李建成、李元吉如何淫乱后宫的丑闻，并且说：“长兄和弟弟都想杀我，为王世充和窦建德报仇。我如今要永远离开君亲而去，但也实在耻于在地下看到那些乱臣贼子。”李渊听李世民说出这些话来，非常惊讶，说道：“明天我要审讯他们，你要早些来参见。”

第二天，李世民率领他手下的人埋伏在玄武门内。李建成和李元吉来到，李世民立即射杀李建成，敬德杀了李元吉。这是历史上有名的“玄武门之变”。

玄武门之变发生后，高祖说道：“事情已经发生，应当怎么办呢？”陈叔达说道：“李建成、李元吉，本来没有参与此事的预谋，反而嫉妒秦王的功劳，二人共设奸计害人。秦王既然已经将他们杀了，现在陛下就把他当做国家栋梁之臣，委以重任，这样就没有事了。”高祖听了，说道：“这也是我的夙愿呵！”随即立李世民为皇太子，军政大事，全都交给他去处置。

作为一个政治家，李世民在击败政敌集团的过程中，应该说确实是煞费苦心。为引得对手上钩受骗，不断地抛出种种诱敌之砖，再引出歼敌之玉。“玄武门之变”实际上就是由李世民亲自导演、参预、谢幕，实现的运用抛砖引玉之计实现登帝位的政治表演。

# 萧翼抛砖　太宗大悦

有一个连一块砖都不用投，凭几句话可以骗到“玉”的人，可说已把“抛砖引玉”这计策臻于神化境地了。

陈玄奘（即唐三藏）西天取经已回国，唐太宗特建造一座慈恩寺雁塔，为追荐文德太后冥福，命太子李治作记，自制序文，想用王羲之字体，剪集成序，刻在雁塔之上，便命各地州郡收集二王（羲之、献之）法帖，集中御览。已收得一千三百余帖，只缺少一卷王羲之的“兰亭集序”始终不知下落。

有一位御史萧翼，说出此兰亭集序真本，为王家的传家宝，现传至辩才和尚，藏于湖南永欣寺的方丈梁上，从来不肯示人，若圣上需要，臣会想办法取来。

唐太宗大喜道：“卿能如此，朕不惜万金之赏，但千万不要强抢豪夺。”

萧翼索取太宗手敕及两三本“二王”杂贴，用为对辩才和尚的引见之贽，复改扮为一个落拓的书生，雇小船直抵湘潭，寄住在船里，每天必到永欣寺观赏壁画，走过辩才方丈的门边时必在门口小坐，很礼貌地向老和尚鞠一躬。日子久了，辩才也对他发生好感，由打招呼而请入寺闲谈。萧翼多才多艺，琴棋诗画，无一不精，辩才又是略精六艺之人，于是一见如故，顿成莫逆，天天伴在一起，饮酒论文，萧翼一一投其所好。

一天，两人饮醉食饱，扯谈了一轮诗文，及说到书法，萧翼提起："先世家传有几件二王法帖，不知是真是假，要请上人法鉴。"

说完就把所带来的二王法帖拿出来，辩才看了好一会，便说："确是真的，但不是二王的得意之作，贫僧倒有一件真迹。"

萧翼问："什么帖？"

"兰亭帖。"

萧翼笑道："哪里还存在？离乱了一百多年了，怕不是真迹！"

辩才说："实不相瞒，这是我的家传真宝，已传七代了，先师智永临终时亲授给我，哪能有假？你如不信，明天再来，我给你看看。"

翌日，萧翼来了，辩才从梁上把铁匣拿下来，取出兰亭帖展放台上，萧翼仔细观赏一会，摇了摇头，指出很多瑕疵，肯定说："这本兰亭不是真的！"

辩才愕然，已被萧翼一番辩证言论动摇了信念，反请萧翼把带来的二王帖留下，自己仔细对证。

辩才为要对证兰亭帖真伪，就不把兰亭帖放回梁上。

一天，老和尚出去了，萧翼匆匆入寺，对守房弟子说："老当家忘了带净巾，叫我来取。"弟子以熟人熟事，不虞其诈，乃让他进去。萧翼快手快脚把兰亭帖及留下的二王帖带回长安。

辩才回寺，见兰亭帖被人盗去，顿时晕倒，良久始苏。萧翼回京缴旨，唐太宗龙颜大悦，马上升为员外郎，并赏赐辩才财帛，加建三级宝塔。辩才经此次打击，忧郁成病，年余便死了。

兰亭帖直到唐太宗死时，做了陪葬品，长埋地下，从此，兰亭帖真迹永不在人间了。

## 王曾锄奸计

北宋时，丁谓执掌朝政，会朝时，不许同僚单独面对皇帝奏事，主要是为了防止大臣们在皇帝面前非议自己吧。其中只有王曾未尝悖逆过他的旨意，丁谓对他深信不疑，所以他可以单独面见皇帝，算做一个例外。

有一天，王曾请示丁谓说："臣膝下无子，想让弟弟的儿子过继为嗣。我将要面见圣上，以求恩准，但不敢一个人留下来，这事怎么办才好？”丁谓说：“这对你来说无妨，我信得过你。”王曾被批准单独面见皇帝，他从丁谓处出来，立即向皇帝奏事，把丁谓在朝耍弄权术的罪行一一地奏给皇帝。皇帝因此才深知丁谓是个大奸臣，不几天，就把他贬到海南珠崖去了。

王曾为锄朝中之大奸臣丁谓，一是表面归顺丁谓以示“无害”、“诚服”，以博取丁谓的信任和不防。二是佯动以示弱，事先向丁谓请示，以定其行止。从而以小事、家事见君，以使丁谓不疑、不虑。待吞此饵及钩后，王曾则单独面呈君，历数丁谓的弄权罪行，使帝深醒，而有将丁谓逐出朝廷、贬官外放的举措，一举将权奸锄掉。从而，以巧妙的“抛砖”之术，获取时机，一举锄奸，以达“引”君辩忠奸、溢美和“玉”成此事之目的。可谓是以静求动、以抛求引的典型实例。

## 张浚一计诛内贼

靖康之变，金人渡过黄河，围攻汴京，宋钦宗被迫出城与金人谈判，却被金人扣留。然后，金人要逼迫宋徽宗及后妃、太子、宗戚诣金营北上。徽宗不愿意去，京城巡检范琼以武力相威胁，无奈只好乘犊车出宫，到金人的军营，金将粘没喝劫持二帝北去。范琼又乘机烧杀抢掠，张邦昌做他的帮凶。

高宗南渡暂住在杭州，范琼从洪州入朝，又多傲慢无礼之举。当时，苗傅、刘正彦发动叛乱，逼迫高宗逊位太子，高宗依靠张浚、韩世忠等人的力量，才得以拨乱反正。苗傅、刘正彦失败逃跑。在朝之士要叛处他们死刑，范琼百般替苗傅、刘正彦讲情。高宗惧怕范琼的威势，不敢治他的罪，还让他负责御营司提举一行事务。

张浚将要开赴四川、陕西，恐怕范琼成为心腹之患，因而与抠密检详文字刘子羽密谋除掉他。

一天，张浚命令张浚率领一千士兵渡过江去，好像是为了防备别处的盗贼行抢，却使士卒们身披铠甲而来，借此招呼范琼、张浚和刘光世奔赴都堂议论政事，设宴款待。已吃得酒足饭饱，而坐中诸位只是互相看顾了一下，并未发难。刘子羽坐在堂下周围的走廊上，怕范琼有所觉察，取来一张黄纸，快步走到众人面前，举起黄纸对范琼挥动着说：“上方有令，将军可以去大理寺当面对质。”范琼愕然不知所措。刘子羽给手下人递个眼神，大家一拥而上把他强行塞进车中，用张浚的兵护卫着送往监狱。这时，刘光世站出来安抚范琼的部下，列举范琼在围城中投靠金人，胁迫徽、钦二帝北去的罪状，并且明言：“只杀范琼一人，你们本来就是天子亲自率领的军队呀。”众人听了，都乖乖地放下兵器，说：“遵命！”范琼下狱以后，招认了自己的罪行，终被处死。

张浚在这里以“佯攻”诱敌以行“抛砖”而引出内贼之“玉”。

## 评选最聪明的消费者

司空见惯的“最佳售货员”、“最差售货员”，以及“最佳商场”之类的评比活动已失去昨日的热闹，消费者好像再也无心鼓足勇气投下那“上帝”的一票。

北京大地装饰材料市场却硬是不甘寂寞，奇峰突兀，在门楣上拉起“评比‘最聪明的消费者’活动”的大红招牌，许多路过的行人都忍不住地停一停，拐进来，瞧上一眼。

活动本身很简单：一进门先取张表卷，卷上印的是考核消费者权益意识、商品知识、市场见解的一系列问题填好了，但这时你还没有“消费行为”——等到进商场逛了一圈，买了东西，售货员盖章认可投入一个大箱内，商场再将它们攒齐，等着评委会打分，评审分出名次。

用“聪明”的概念来评价消费者，很有独到眼光。据市场的倪经理说，消费者的特点正好与售货员相反：一个赚钱，一个花钱。评优秀售货员，标准是看他的服务给商店带来的有形无形的效益。在消费者这头，说他聪明，是说他会花钱。首先，花钱花得巧，要掌握商品的质量、等级、行情；另一条，要会运用现行法规保护自己的权益；还有，对商场和工厂的经营、生产等能有一些建设性的意见。这三条，才能比出购买人的聪明程度。

三十六计之抛砖引玉

消费者的评比当然也不可能“一评定终身”。很简单的一张书面问卷，也不能完全、充分地显示出消费者的整个聪明水平。评比搞了一个月以来，交出较完整答案的消费者有300多人之众。

获奖者的数量毕竟有限。但倪经理道出了他们的经营用心，商店做生意，总得告诉消费者我们是诚意的，是可信赖的，评出100个优秀售货员，不如评出一个对我们有印象的消费者更有说服力。

随着“聪明”消费者的增多，自然该市场的名声更大，利润也随之而来。消费者与经销者，谁更聪明?

## 股市上的抛砖引玉

有心人操作股票的方法不一。有的主力压低进货、拉高出货，一味蛮干到底；有的主力拉东出西，弄得神鬼不知，有的主力却是抱着悲天悯人的心情操作股票，要涨嘛，最好通通上升，以免做到最后“有的吃肉，有的却只能喝到残汤”。虽说这种要涨齐涨的操作方式并非一般有心主力所能为，亦非在多头市场时所能真正应用，而其真正的目的或是为着稳定行情，以便为未来的出货铺路。但该种拉小股票（或叫烂股票）以稳定市场人心的做法，当可以“抛砖引玉”的操作方式称之。

话说1977年底指数在440附近盘旋，裕成公司因营业持续亏损甚多，一会儿电费未缴，公司断电；一会儿退票或工人多月未发薪水；一会儿又是厂房机器将遭法院拍卖。连续不断的利空冲击之下，股价乃是持续降低到3元以下成交，投资大众都看坏此种股票。当时人们认为，胆敢买进该股的，如果不是吃了“熊心豹子胆”，便是准备拿回家“贴墙壁”当墙纸用了。

此时股市旺盛，指数也刚从313的底部升了百余点。由于经济景气，有繁荣之迹象，市场大户人才济济。唯在有心大户群中，雷大户由于慧眼独具：不少选中的投资股票皆能获利多倍，乃称最能呼风唤雨，首屈一指者。

或许是以为烂股票的价位颇低，具有顺势往上操作的投机机会；或认为大势将往上升，最好不要有跌停板的股票拖累；或以为既然自己仍有余力，将烂股票拉升一把，以便让套牢的小股东皆能获利也是件功德，总之最后，裕成股票在雷大户的偶然介入，积极买进声中，得以止跌稳住回升。

以后几年，只要大势往下跌的时候，裕成股乃多能以涨停板叫进，市场中散户股友一看：连裕成这种或将关门的烂股票都能够高挂停板而不堕，手上持有的股票又何惧之有？买盘者心理逐渐稳定，行情也逐步上推。这种买进裕成股等问题以稳定人心的做法与“抛砖引玉”的策略是异曲同工之妙。

## 北京康乐洗清剂厂的崛起

北京康乐洗清剂厂是一家小厂，新推出了一种“防金属中毒”洗清剂，市场潜力很大。但厂子本小利微，没有钱开展大规模的广告宣传，只好自带产品一家一家地“攻堡垒”。

1998年春节前，厂长胥明清带着样品跨进法制日报社印刷厂的大门，把自己产品的优越性介绍了一番。人家一看是来推销产品的，脸上布满疑虑。胥厂长拍着胸脯说：“我们厂成立的时间很短，没有把握怎么敢找你们？你们可以试用，如果洗清剂不如肥皂效果好，我们包赔损失。”铁道报社印刷厂的采购员开始说什么也不愿意接受这种新产品。洗清剂厂的推销员干脆先把几瓶样品赠送给工人试用。没过多久，印刷厂厂长打来电话：“工人们使用洗清剂后，厂里发的肥皂都不愿意用了，指名要你们货呢！”

河南安阳炭素厂试用后成了洗清剂厂的长期用户，工人们反映：“过去每天洗澡要用肥皂擦两三遍，浑身难受。现在用洗清剂，一遍就行了。”

一次，北京塑料三厂反映，有个工人用完洗清剂后，全身过敏，是不是产品的质量有问题。胥明清立即表示：如属质量问题决不食言。并派自己单位的车，用自己单位的钱，带那位工人去医院看病检查。经医院检查，这位工人的皮肤对肥皂类用品均会产生过敏现象。这说明非产品质量的问题。

现在，该厂的产品很畅销，而用户大都是靠本厂的推销员这种“抛砖引玉”法一家家跑下来的。

## 啤酒厂的绝招

30年代初，外国啤酒垄断了上海市场，山东烟台啤酒厂的啤酒对上海人来说还很陌生。烟台啤酒为打入上海市场策划了别具一格的广告战。

他们征得上海“新世界”游乐场同意后，在上海各家大报上刊登了1条启事：定于某日，“新世界”按正常价格出售门票，持门票者进入“新世界”后，由烟台啤酒厂赠送印有“烟台啤酒厂”字样的毛巾1条，然后可以免费喝啤酒，喝酒多者，按前三名予以重奖。

启示登出后，上海市万人空巷，纷纷涌入“新世界”，南京路上人山人海，交通堵塞。狂热的人们喝掉了48瓶1箱的500箱啤酒。第二天，各大报绘声绘色地报道了这次喝啤酒的盛况。

过了不久，该厂又出新招，在报上登出一条消息：

定于星期日，烟台啤酒厂在半淞园内隐藏1瓶烟台啤酒，谁能找到，奖给啤酒20箱，再次吸引了成千上万的上海市民。

由于众多的上海市民参加了这两项活动，从中感受到了很大的乐趣，这就为烟台啤酒带来了极大的知名度。虽然少花钱，却出奇制胜，烟台啤酒使公众产生好感并牢牢记住它的名字，在很短时间里进军上海市场，与外国啤酒分庭抗礼。

## 畅销的“小包米”

在喧闹的香港街头，一个摊位周围人头涌动，只见摆摊人向人群递上一张张表格，说明只要填妥表格上的数项内容，便可获赠两包“小包米”，称这是“有米送”行动。人们一一填妥表格，满意地取米离去……

这是某米业公司首创的“小包米”，正向市民作直销宣传活动。结果三天内共收到4000多张表格，发放了9000多包重为140克的袋装米。接着连日来公司的电话响个不停，原来获赠“小包米”的市民，觉得煮用这种米饭方便快捷，于是纷纷来电订购。

据米业公司负责人介绍，目前全港约有150多万户家庭，其中两成是“二人世界”，即夫妇两人，尚无子女，也不与老人一起居住，夫妇一般都要工作，常常在外解决两餐，所以食米量远逊于大家庭。而市面上多为五公斤的袋装米，不符合二人世界家庭的需求，因为一包米尚未吃完已长虫发霉了。于是该米业公司便推出“小包米”，每包仅为煮两碗饭的分量，随手买米，当晚吃完，深受年轻夫妇的欢迎。

米业公司在街头设立发米宣传站，以发送两包“小包米”为“砖”来吸引顾客的方法，收到相当理想的效果。通过免费发米活动，在填好的表格上记载了一批客户的联络资料，成为该公司重要的直销对象名单。同时公司专设一条电话热线，供市民来电订米，顾客若订购30包“小包米”，厂家则送货上门。

## 礼 券

在旧社会，逢节送礼是交际方式之一。上海这个虚荣成风的十里洋场，许多人除了按照中国习俗在端午、中秋、春节盛行送礼外，还有“圣诞节”也是一个送礼的日子。每逢这些节日，半个月以前，商场里就布置开了，五光十色，琳琅满目，顾客人头济济，熙来攘往。这些日子营业较平时好，营业额也比平时多得多。有些特别贵重的商品，如八、九十元一件的羊毛衫，七、八十元一瓶的香水，平时买的人不多，这时突然增多起来。显然，这些商品，就是专供顾客买了送礼的。“买的人不是用的人，用的人不是买的人”，正是贵重奢侈品销售的特点。永安资本家充分掌握了这一特点，所以采办各种贵重奢侈品时，总是强调要“独具眼光”，务求式样新颖奇巧，质量上乘，标新立异，讨人欢心。而且因为“永安”的牌号是讨吉利的“口彩”，所以标有“永安”二字的贵重礼品更是受人欢迎。当时，有不少腰缠万贯的富户，他们往往向公司开上一份清单，说明要送几份礼，送什么人，住什么地方，每份多少钱；一送就是几十份，甚至上百份。公司为他们配好货后由送货车按家按户送去。旧社会过年过节，有永安公司送货车送礼物上门，上层人士都引以为荣。

在送礼业务上，永安公司发现送出的礼品，也有不被受礼者喜爱的。因此在开张后的第二年，它即发行礼券，让人拿礼券去送礼，受礼的人可以凭礼券到公司来选购商品；因为它经营的商品品种多，可以随意挑选，加上“永安”二字“讨吉利”，所以礼券很受人欢迎。据老年营业员们估计：永安公司卖出的礼券要比先施公司多一倍以上，由于收到礼券以后，许多人并不立即就来换取货物，有的甚至把礼券长年收存起来，因此永安公司不需付出分文利息而利用了不少社会资金。

大公司做金钱买卖，小公司做人情买卖。永安公司可谓深得其中奥妙。

## 巧妙宣传

在保加利亚普罗夫迪夫市举办的国际博览会上，共有 50 多个国家 1000 多家公司的 10000 多种产品参展。贵州鸭溪窖酒作为中国的名酒之一，在与参展的 100 多种外国名酒的角逐中力挫群芳，夺得惟一的一块金牌。鸭溪窖酒的成功，给我们一些什么启示呢？

在贵州，鸭溪窖酒因蝉联历届全省名酒称号，赢得了“酒中美人”的雅称。人们说：“好酒不怕巷子深。”但是在名酒林立的国际博览会上，如何让洋人识得“庐山真面目”呢？

鸭溪窖酒没有忘记，贵州茅台酒在巴拿马国际博览会上，是靠摔碎酒瓶，香气四溢，征服了所有评判官而获得金奖的。在普罗夫迪夫市，鸭溪酒厂副厂长张昭达等一行人决定如法炮制，他们拆开瓶让人亲自品尝，一显“酒中美人”特有的风采。

这一招果然灵验。鸭溪窖酒被获准公开品尝后，它的主人倒出一大碗放在冷风机下，美酒芳香顿时弥漫整个展览大厅。闻者无不上前探视，刹那间，人群像潮水般涌向鸭溪

诸葛亮舌战群儒

窖酒柜台，围观、品尝、询问，令工作人员应接不暇。从5月8日～14日短短7天展期中，普罗夫迪夫掀起了一股“鸭溪热”，近5000名不同国度、不同肤色的人品尝了“鸭溪”，近千人在留言簿上写下赞美之词。“中国·鸭溪”声名鹊起，博得了与会者的好评。保共中央政治局委员、部长会议主席阿塔纳索夫轻呷了一口“鸭溪”后，立即高举酒杯，伸出大拇指连叫“好酒，好酒”，第二天他的女儿也慕名前来品尝，满意而归。

博览会评委、专家依次对参展的38°、48°、54°鸭溪窖酒的色、香、味进行了严格的品评，结论是：包装典雅、华丽庄重，给人以美的享受；色香味风格独特，色泽清透，香气迷人，酒味纯正；酒体丰满，质量过硬。在博览会决出的120块金牌中，鸭溪窖酒成为惟一获得全票通过的金奖产品。

“美人酒”的声名不胫而走。苏联、波兰、匈牙利、捷克斯洛伐克、罗马尼亚、越南、民主德国、蒙古等国大使，都到展厅品尝了鸭溪窖酒。莫斯科的一位客商品尝后，当即要求购买200吨，意大利的两位客商品尝后，提出用现款购买100万美元的鸭溪酒，并希望与酒厂建立长期供销关系，愿充当鸭溪酒在欧洲的总代理。

有关人士认为，我国生产的高、中档酒数以百计，而真正在国际市场上站稳脚跟的却屈指可数。在当前国内白酒市场不景气的情况下，仿效鸭溪窖酒的做法，把过硬的产品质量与巧妙的宣传艺术结合起来，不愁在国际市场上找不到一席之地。这也许是目前一些酒类企业走出困境的一条可借鉴途径。

## 生财有道的销售法

做生意，讨价还价是难免的。讨价还价的实质是多争取利益，而争取顾客也是为了利益。有时候，你必须一反常规，用利益招揽顾客，这是行之有效的经营方法。解放前，一些商店常贴出“放血性大削价”、“自杀性大拍卖”、“赔本大降价”这类的海报，这无非是一种经营的方式，可称为分利式推销。今天，我们的国营、集体企业也开始学习用“利益”招揽顾客。盛行的有奖大酬宾，当然收益不小。

在墨西哥一个叫奥莱拉的超级市场里，有个颇有趣的招揽顾客的怪招。凡是在该市场购货的顾客，走到出口处收银机前，都按一下显示灯的按钮，若是绿灯亮了，这次购买的货物不论多少全部免费；若亮的红灯，就得付清货款才能出去。国外有的银行的信用卡也是每日摇奖，只要中奖，本月信用卡所购的货款全部由银行支付。

汾酒大厦是著名的白酒厂创办的企业，出了件很犯忌讳的事情——被查获出售假冒商品，商厦的信誉受了影响。为了扭转局面企业在媒体上大造舆论：奖赏伪制商品举报者，鼓励顾客参与监督。此举高潮未落，又推出有奖销售，将写着特等奖品字样的一辆长安面包车停在了大厦前。正如MBA硕士梅先生所说：商战爆发了。其他同行经受不住销售额骤降的巨大压力，也开始“东施效颦”手段有过之而无不及，奖励酬码越来越高，奖励花样越来越新奇，金项链、彩电、住房、轿车……一个高过一个。汾酒大厦平时日营业额八、九万元，实行有奖销售后，猛增到20多万元；工资大厦前那辆火红的“桑塔纳”给人以无限的真实感和难以抗拒的诱惑，换奖券的柜台被人们围得水汇不通，就连值班经理台最后也变成换奖券的柜台。这家商店的生意也因此大大兴旺起来，曾在一小时之内售出过4万元人民币的奖券，最高时，一天的营业额达到45万元。

“抛砖引玉”法，让顾客明白自己可能得到的利从而积极消费。而企业虽然让出了一部分利，但招揽来的生意却远远超出让的部分，随之而来的是营业额成倍增加，资金流通加快，企业的知名度提高。由此可见，“抛砖引玉”法是行之有效的经营方法，它使经营者得“益”无穷。

## “保灵”桥

1989年，杭州保灵有限公司率先出资十几万元，买下了延安路中段的人行天桥的取名权，并以本企业产品的商标命名该桥为“保灵”桥，令企业名声大震。各企业纷纷效法，争着出钱买桥名。位于杭州市官巷口的解放天桥正在建造之中，它的取名权即被杭州西湖味精厂以15万元巨资买去。这座繁华路段的人行天桥，除了供行人安全过马路外，又有了一层新的意义：为市政建设和企业经营之间搭了一座互为促进共同发展的友谊之桥。

杭州西湖味精厂和杭州保灵有限公司花巨资买桥名的做法可谓一举两得。一方面支援了城市建设，为老百姓做了件好事，让大家交口称赞；另一方面，提高了本企业的知名度，增强了自己产品在市场上的竞争能力。这实际上比花钱在电视、广播上做广告要合算得多。因为声音和图像都是一闪即逝的东西，唯有桥可以保存长久。只要桥在，企业的知名度就在，这笔钱花得值得。

# 奥兹莫比尔起死回生

美国康涅狄格州有一家叫奥兹墓比尔的汽车厂，它的生意曾长期不振，使工厂面临倒闭的局面。

该厂的总裁对本厂经营和生产进行了反思，总结出自己企业经营失败的原因：推销方式不活。他针对存在的问题，对竞争者及其他商品的推销术进行了认真的比较，最后设计了一种大胆的推销方式，即“买一送一”。

该厂的新推销手法是这样开始的：它积压了一批轿车，由于未能及时脱手，导致资金不能回笼，仓租利息负担沉重。该厂决定在全国主要报刊登一则特别广告：谁买一辆托罗纳多牌轿车，就可以免费获得一辆“南方”牌轿车。

买一送一的做法，由来已久了。但一般的做法是免费赠送一些小额的商品。如买电视机，送一个小玩具，买录像机，送一盒录像带等等。这种施加顾客一点小恩惠的推销方式，确实能起到很大的促销作用。

奥兹莫比尔汽车厂以买一辆轿车赠送一辆轿车的超群出众的办法，一鸣惊人，使得很多对广告习以为常的人刮目相看，并相互转告。许多人看了广告以后，不辞远途而来看个究竟。该厂的经销部一下子门庭若市。过去无人问津的积压轿车果真以21500美元一辆被人买走，该厂亦一一兑现广告所承诺的，凡是买一辆托罗纳多牌轿车者，则免费赠送一辆崭新的“南方”牌轿车，如买主不要赠送的轿车，可给4000美元的回扣。

奥兹莫比尔汽车厂实施“抛砖引玉”这一招，虽然使每轿车少收入5000美元，但却使积压的车子一售而空。事实上，这些车如果积压一年卖不出去，每辆车损失的利息和仓租、保养费也近这个数了。它不但使“托罗纳多”牌轿车名声四扬，提高了知名度，增加了市场占有率，同时也带出了一个新牌子——“南方”牌。这种低档轿车开始是以“赠品”出现的，随着赠送多了，它慢慢地也有了名气。这样，奥兹莫比尔汽车厂起死回生了，生意从此兴隆发达起来。

## 善于经营的犹太人

洛斯查尔德家族的开创者麦雅，最初是一位犹太穷孩子，做着古币和徽章收藏的小买卖。

在一个犹太人处处被歧视的社会里，年轻的麦雅是没有人瞧得起的。麦雅终于明白，做生意也必须具有一定的地位和身份。

一次，他获准晋见当地的领主毕汉姆公爵，恰逢公爵刚刚赢得一场棋赛的胜利，心情格外好。麦雅趁此机会，以牺牲血本的超低价向公爵推销珍贵的徽章和古钱币，但这位20岁的犹太小商人并没有引起公爵的注意。

麦雅的目标不是这一笔买卖，他要与公爵建立长期买卖，抓住公爵这个人，他认为公爵对他有更大的用处。

他不断地以低价的方向公爵推销古钱币和徽章，古钱币的收集和买卖终于成为公爵的一大嗜好。公爵在这嗜好中还获得了好多实际利益。

而麦雅虽然损失了许多经济利益，却牢固了和公爵的关系，并且深深赢得了公爵的信任，经常替公爵兑换一些汇票。再后来，他掌握了公爵一部分的财产处理权，并在25岁的时候荣获取了“宫廷御用商人”的头衔，实际上也就解除了许多套在犹太人身上的枷锁。

麦雅整整为公爵效力了20年。其耐性之好令人敬佩。

法国大革命期间，他协助公爵进行金融和军火交易，为公爵赢利不少。他把巨额资金借给那些正缺军费的君主和贵族赚取高额利息，同时进行军火交易。很快，珠宝、借据、期票便堆满了他的金库。

麦雅当然不会忘了自己的家族，在战乱年代，他借用公爵和自己的身份，大展商业才华，为家族赢得巨额资产，为其后来建立犹太金融王国打下了坚实的基础。

在后来的岁月里，将金钱、心血和精力押宝一般投注到某一特定人物身上的作法，已成为洛斯家族最基本的战术：

折血本与特权强权建立牢固关系，然后回过头再由这些人身上取得更加巨大的利益。

商场基本战术之一：没有诱饵，何以钓鱼。香饵加长线，才能钓大鱼。

## 免费的儿童游乐中心

在世界最大的航空港——英国伦敦希思罗机场的候机大厅里，有一处免费的“沃尔沃儿童游乐中心”。这里面积只有200平方米，可设施齐全。巨大的玻璃建筑把中心分成两大部分，一边是2岁左右幼儿活动区，整齐地摆放着各种婴儿床、洋娃娃、大型积木，另一边是2岁以上8岁以下儿童活动区，有五颜六色的各种电动玩具、小火车、小滑梯、碰碰车等。

这是专为带孩子的旅客设立的。过去，机场海关繁杂的手续使那些带有儿童的家长感到不便，他们多想找个地方把孩子托放一下，好精神松弛地办好登机手续，然后到候机厅的餐厅里悠闲自在地喝上一杯咖啡，或在免税商亭里不受孩子干扰地选购一些商品。

为了满足旅客托放孩子的需要，同时也为了展示机场关心顾客的形象，希思罗机场同世界著名的沃尔沃汽车公司，英国的儿童世界玩具公司合办了这个机场游乐中心。

从 1986 年 9 月到现在，日复一日，年复一年，快乐的游乐中心省却了多少家长的烦恼，同时又为机场迎来了多少商业机会。继希思罗机场之后，曼彻斯特和伯明翰两大机场也设立了同样的儿童游乐中心。

## 酱油大王的法宝

二次大战后，日本“酱油大王”基考曼株式会社遇到严峻的考验。由于制作酱油的原料小麦、大豆极度缺乏，美国占领军司令部负责酱油业的阿小尔顿女士，向酱油业下达了秘密指令：“所有酱油都制成氨基酸酱油。”这是因为当时天然酿造酱油的原料利用率很低，只能达到60%，周期为八个月，而氨基酸酱油的制造时间仅为一周，原料利用率可达80%。恰值此时，基考曼刚刚试验成功“新式2号”这一“划时代”的酱油酿制法，酿造时间缩短为二个月，原料利用率也达到了80%，质量同传统酿造法相差无几。为了保住天然酱油，基考曼果断地公开了新技术。这个做法一方面感动了阿小尔顿女士，使酱油业摆脱了危机，更重要的是在瞬间打开了“新式2号”的市场，也为后来基考曼天然酿造的酱油打入美国等地奠定了基础。

这家公司如此妙用“抛砖引玉”，不由得拍案叫绝。公开新技术——“抛砖”，谋取广大市场——“引玉”，这一招对于我们不无借鉴作用。

## 迷你型汉堡包

目前，在美国身材健美已成为一种时尚，人人都想使自己变得苗条，害怕发胖，因此很多高营养的食品被冷落了。含高“卡路里”的汉堡包也遭受冷遇，生意日趋萧条。可是里布曼和里巴克两人却在这种时候办起了一家新的汉堡包食品店，并取得巨大成功，这是什么原因呢？

中国有名老话：“取法其上，得乎其中；取法其中，得乎其下。”这里的“法”可解释为对市场的充分了解。只有对市场了如指掌，才能在竞争对手如林的现代市场中站住脚跟；才能在发展几乎到了极限的行业中另辟蹊径。里布曼和里巴克原先都是广告公司的职工，负责市场调查业务，因此他俩对市场动态比较了解。他俩都不甘心寄人篱下，都想成为企业家，于是他俩一拍即合，商量办什么企业合适。他们考虑了本身的条件后，决定开设汉堡包饮食店。当时的局势是一方面汉堡包店林立，好地盘都被占尽了；另一方面这种饮食已逐渐被顾客冷落。所以，在一般人的眼里，开这种店已是无利可图的了。可是里布曼和里巴克却认为任何竞争激烈的行业，都

鲁子敬力排众议

有隙可乘，就看竞争者的手腕如何。他们怀着这个信念开始调查汉堡包市场，结果发现一个有趣的现象。众多的汉堡包店为了争取顾客，争相出售大型汉堡包。但另一边是怕胖的顾客，他们常常将吃了一半的汉堡包扔到垃圾箱里，造成很大的浪费。另有一些汉堡包店为了在竞争中生存，相继推出越南口味、以色列口味等外国口味的汉堡包。这种改进虽有一定效果，但生意仍然不理想。通过全面调查，他俩已充分认识到市场的状况，因此胸有成竹地开起了具有自己特色的汉堡包饮食店，其产品与众不同的主要特点是体积比一般的汉堡包小得多，只有大汉堡包的六分之一，称为迷你型汉堡包。使别人意想不到的是他们的小汉堡包极受消费者欢迎，很快成为热销食品。五年后，其他大汉堡包店相继倒闭，而迷你型汉堡包店已扩展成有 10 家分店的饮食公司。

探究迷你型汉堡包店成功的原因，其实很简单：怕胖的美国人大多采用食物疗法减肥。他们吃大汉堡包常常只吃几口就丢了，造成浪费。再说那么大一个家伙拿在手里，由于有怕胖的心态，所以看了害怕，影响食欲。而吃小汉堡包就不存在这些问题，不会造成浪费，价格又便宜，买的时候，少买几个，食量容易控制。所以小汉堡包受到了消费者的青睐。

## “幸福袋儿”

近年来，日本商人对清仓物资的处理想出了以“幸福袋儿”促销的新招儿，即将五花八门的清仓物资放进各种各样的口袋中，廉价出售。为了吸引顾客，商家为这种口袋起了吉祥的名字：幸福袋儿。

幸福袋儿一般都是在新年之际才推出，因而争相购买的人很多。他们一是图便宜，二是想碰碰运气，得个好彩。出售幸福袋儿的规定是，袋里的货物必须是完好无缺，然而其价值却有很大的差别。有的顾客买回的“幸福袋儿”里，装的全是无用之物；有的顾客买回的却是价值很高的宝物。日本的各种商店就是靠第二种数量不多的幸福袋，抛砖引玉，利用顾客的侥幸心理促销成功，从而将廉价清仓物品推销出去。

## 原来《变形金刚》就是砖

1988 年前美国现代玩具巨商孩儿宝跨国公司推出的“变形金刚”玩具，在亚洲市场上销量只有 50 万美元。这样的营业额远未达到他们的理想值。是采取直接的广告，还是针对玩具的购买对象广大少年儿童普遍爱看的电视动画片的特点进行引导呢？显然以生动有趣的电视故事形式对孩子们认识新产品更有利，接受面更广。于是他们选择了后者，精心制作了儿童电视动画片《变形金刚》，并无偿地赠送给亚洲各地电视台播放。变幻莫测的“金刚”，不仅诱惑着无数的儿童的心，甚至一些青少年、成年人也被深深地吸引着。从此，在亚洲市场上掀起一场声势浩大的“变形金刚”玩具热潮。不出 2 年时间，该公司的玩具销量剧增到 4000 万美元。在 1988 年前的基础上一下翻了 6 番多。

## 打折销售法

如果有时间到市场转一转，就会发现有些商店门口挂出些个牌子，“凡我店商品一律九折”。有的店则打八折、七折。到底有没有打折另当别论，只是人们一看到牌子，总想去瞧一瞧。因为打折可以刺激消费，人们总是有一些贪图便宜的心理。这也是比较常见的一种推销术。

1973 年 7 月，东京银座的绅士西服店开始做 1 折的生意，使东京的人大为吃惊。紧接着，次年东京的八重皮鞋店等 6 家商店也参加打 1 折销售的行列。

打 7 折、6 折的大折卖是常有的事，不会有人大惊小怪，然而打1折是前所未闻的。这种销售法确实不能赚钱，但是它的意图是将来。

这种销售法是，首先定出打折销售的期限，第一天打9折，第2天打8折，第3天，第4天打7折，第5天、第6天打6折，第7天、第8天打5折，第9天、第10天打4折，第11天、第12天打3折，第13天、第14天打2折，最后2天打1折。

顾客只要在这打折销售期间选定自己喜欢的日子去买就行，如果你想要以更便宜的价钱买，那么你就在最后的那天去买就行了。但是您想买的东西不一定会留到最后那天。

据绅士西服店的经验，头一天和第二天前来的客人并不多，来也只是看看就回去，第三天就开始一群一群的客人光临，第五天打6折时客人就像洪水涌到开始抢购，以后就连日客人爆满，当然把商品全部卖光是不用说了。

这种商法的妙处是能有效地扣住客人的购买心理，任何人都希望在打2折、1折的时候买他们所要的东西，然而你所要的东西并没有保证都会留到最后一天。因此，一般是并不会匆匆忙忙买下来。然而，等到打7折的时候，就开始焦躁起来，怕自己所要买的东西被别人早一步买去，失去了大好机会。

就这样一般顾客就在打7折的时候把它买下来，顶多打6折的时候就会产生不能再等下去的心理。据“日本良好”的经验显示，打6折时顾客就大量涌到开始抢购，就是客人的这种心理，实际上等打2至3折的时候，剩下来的东西都是不可用或是有些不足的。

我们再来看卖方这一边，绅士西服店打1折销售的商品平均起来，是以商品原来售价5折的价钱售出的。说起来，虽然这样买卖没有利润而有亏损。但是从存货清理和宣传角度看起来，可以说是大功告成。这种方法比“清理存货大拍买”的做法漂亮而有效。

对于打折销售的商品来说，并不是一些走俏的抢手货。但有些商店专门从事这项活动，来激化大众的购买欲。薄利多销，利润从总体上说并不低，而且通过这一活动使商店名声大噪，为将来的发展奠定基础。

## 手表雨

日本西铁城钟表公司每天制造18万只表，即每秒生产2只，产品远销世界各地，深受人们的喜爱。该公司董事长现年70多岁的山崎说：“80年代的制表工业最讲求精确和时髦，因此西铁城钟表公司生产的手表不但款式新颖，而且质量精湛，每天只有3秒钟的误差。”如此精美的手表，怎么能让消费者知道认识，并产生购买欲望呢？西铁城的经销商费尽心机，想了很多高招，采用了各种不同的推销方式，其中的甩打销售法收效颇佳。

1983年，日本西铁城表商在澳大利亚贴出一幅广告，告示上写着：“×年×月×日，西铁城公司将从空中向某广场投下手表，有感兴趣者，请届时参观，”广告贴出，立刻传遍全城，投表那天，各怀不同心事的人从四面八方来到广场。当然来广场的人不外乎一是看看热闹，二是碰碰运气。当他们看到一块块手表从天而降，落地后外表不但完好无损，而且手表精度丝毫不减时，人们都为西铁城过硬的产品质量而赞扬不止，“高空投表，完好无损”成为人们传送的佳话，事后，自然广为流传。西铁城手表因此而名声大振，很快就在这个国家和国际市场打开了销路。西铁城巧用“抛砖引玉”实在是老谋深算的赢家。

## 死角不死

汉斯是美国的一个罐头食品公司经理。为了扩大公司声誉，有一年他带着公司的产品参加了美国芝加哥市举行的全国博览会，谁知他的产品被安排在展厅中一个最偏僻的阁楼里。本来是想扩大影响，提高自己公司的知名度，这种安排显然难以达到目的，他找到大会主办人要求调换一下位置。主办人说："你瞧，这些都是大公司的名牌产品，我们只能把它们放到这些最合适的位置。汉斯先生，你的产品的位置也是最合适的。"汉斯一看，可不，在显要位置摆放的全是全国数一数二的产品，自己的产品虽然也不错，但相比之下名气小多了，怎么办？花钱来参加展览会，总不能一无所获，空手而归吧！博览会开始后，参观的人络绎不绝，一天过去了，但很少有人光顾他的柜台。眼看展览时间不多了，汉斯十分着急。晚上躺在床上还在苦苦捉摸。第二天想出了一个巧妙的办法。他离开柜台出去了整整一天。

第三天，会场的地面上突然出现了许多小铜牌，铜牌的背面还刻着一行字，上称："谁拾到这块小铜牌都可以到展厅的阁楼上汉斯食品公司陈列处换取一件纪念品。"于是捡到铜牌的人纷纷涌到汉斯的阁楼上，本来无人光顾的小阁楼，一下被挤得水泄不通，市民们到处传诵着"汉斯小铜牌"这件新鲜事，记者还做了报道。这下，汉斯的产品名声大振，光这次展览会就赚了55万美元。

原来，这正是汉斯用的抛砖引玉，推销产品的妙计。他在产品无人问津的情况下，连夜找人做了许多小铜牌，派人遍撒展厅，把顾客引到他的柜台，加上他的产品质量不错，这样一大笔钱就滚滚流入了腰包。

## 莱兹商店的系列妙招

日本有家叫莱兹商店的超级市场，很善于动用各种促销点子。为了方便顾客，他们想了个“购物卡”方法。凡是来店购物者均可得到一张代号叫 09 的购物卡。09 购物卡可以在莱兹商店的任何分店使用，总店和分店都将为持卡者提供周到的服务并给予优惠。每次购物后结帐时，所购物品金额都由计算机记入他的 09 卡片内。当累计购买满 5 万日元时，商店就会赠送价值 500 日元的礼品。

办理 09 购物卡时不用交费，临走店方还赠送给新客户一个小纪念品——一个装印鉴用的塑料盒。如有朋友引荐同去，也会因介绍新客户有功而得到店方奖赏——一个印花瓷碟。礼品不算大，但制作精细，使人爱不释手。莱兹商店靠这一招吸引了不少顾客。

09 购物卡产生了一个很重要的效果：顾客拥有一张 09 购物卡后，他买东西总是来莱兹商店。因为买东西积到 5 万日元就可获赠送。另外，购物卡上鲜明的漂亮字体："购物时一定带上钱！"对顾客有很大的暗示作用。办理了09购物卡的顾客就像成了莱兹商店的固定顾客，像他们手里的存折一样，每次总会准确地走进存钱的那家银行。

孔明用智激周瑜

莱兹商店继续推动09购物卡。有一天，莱兹商店门前遍插彩旗，旗上写着"双倍日"三个醒目大字，商店门前车水马龙十分热闹。一些外国游客见了心生怀疑：为什么商品非但不削价招徕顾客，反而打出双倍的旗号？原来，所谓"双倍日"，是指在这一天顾客凡购买100元钱商品，他的09购物卡片上就按200元钱记入，这样可以在卡片上更快地积累到5万日元的购物金额，从而提前得到店家赠送的500日元礼品。

又有一天，报纸商品广告栏中刊登了一则莱兹商店的广告：凡某日上午12时以前光临本店者，均可得到一袋礼物——免费午餐！那天恰值放春假，莱兹商店顾客盈门，不少顾客手中都提有一只食品袋。原来凡进店门者，均可免费得到一袋面包。面包很松软，份量大致够一个人的一顿午餐，这也就是说：一旦你进了店门，今天的中午饭就不必操心了，你就尽情地在商店里逛吧，闲逛之中，你自然会碰上并买下一些你原先没打算要买的商品。这样，买卖就在破费一点小礼品的店家和得到一点小实惠的顾客之间做成了。

后面那个点子不是莱兹商店开发出来的，而是由另外一个聪明的小伙子想出的。他开有一家个体面包店，生意相当不错。他还想造成大面积的销售，就想了这个与大商场（莱兹商店还有许多分店）联合的点子。他找到莱兹商店老板，把那个想法说给他听。老板一想：许多人节假日在家里，为何不以免费招待午餐把他们吸引到我店里来呢？许多逛商场的人中午出去吃午饭，吃了以后就不再回商场了，为何我不可以让他们在店里吃午餐，留他们在店里多逛一些时间呢？只要有人潮就会有钱潮！他和小伙子签了合同。小伙子供应他的面包。双方都赢利。

## 低价的手表

美国太姆公司1950年开始生产手表，当时手表市场强手如林，太姆公司这样一个名不见经传的小公司要在竞争中杀出一条生路，开辟和扩大自己的市场，确实不易。然而太姆公司胸有成竹，充满信心。他们认为，手表的需求弹性大，市场潜力也较大，市场上高档表多而低价表少。面临激烈的竞争，公司的产品如能采取较低的价格，就容易进入市场，扩大销路。因此，太姆公司在长达几十年的经营中，一直坚定不移地对新产品采取低价策略，即不断以低价向市场推出自己的新产品。50年代，太姆公司最初投入市场的男式手表每只仅7美元左右，比当时一般低档手表低得多；1963年它首次把电子手表推入市场，售价30多美元，仅为当时同类产品的一半；70年代初，世界市场首次问世的豪华型石英手表定价在1000美元以上，1972年初，日本、瑞士和美国其他手表厂生产的石英手表也以400美元或更高价格向市场推出，而同年4月，太姆公司的石英手表首次登场，售价125美元。

产品创新的目的，就是要进入市场，扩大市场。

因此，多数企业都为新产品订以低价，去促使多销、快销。有的甚至在最初不惜不要一分盈利，也要以惊人的低价去争取消费者，击败竞争对手。在市场对其产品有了解之后，再恢复其盈利价格。一般说来，新产品刚进入市场，消费者对其了解、信任不够，持观望、谨慎态度，工厂除了大力宣传促销之外，以低廉的价格去吸引消费者购买，确实是一条拓展市场、竞争取胜的良策。廉价促销，销售量大大增加。促使企业生产扩大，生产量的扩大，又可使成本降低，盈利增加。太姆公司在50年代还默默无闻，60年代便在国内市场站稳了脚跟，70年代，则已成为世界闻名的手表制造公司，靠的就是低价销售这个武器。它抛出初期减少盈利这块砖，却引来销售量大增，企业发展这块玉。

## 学生裙的诞生

60年代中期，台湾的纺织厂商见人们出国常带回来许多尼龙、特多龙的衬衫及女用衣裙，觉得这是一个好机会，台湾的市场中也需要这种产品。于是，他们和日本东洋尼龙厂合作，进口特多龙原料，加工制成衬衫、衣裙等销售，很受成年人欢迎。

这种产品预示着广阔的市场前景，厂商不断地扩大其效用范围。他们发现台湾的学生很多，便瞄准这一市场。然而，当时台湾各学校当局都把尼龙织品看成近乎奢侈品，禁止学生穿着尼龙料子的袜子和衣裙。

这种阻力极大地妨碍着纺织商与原料商占领市场获取利润。他们多次会同营销专家策划，最后决定先试着从女子学校方面打破阻力，然后再全面铺开战线。

他们策划第一步先搞免费赠送。厂商给全台湾各级女子中学及女子大专班，每一班成绩最优者赠送特多龙百褶裙一件。并将这种百褶裙命名为“荣誉学生裙”。他们这个建议接受了。厂商希望能从各学校当局手中得到每一班成绩最佳者的姓名，并使学校当局相信，此一赠与的意义在于鼓励学生学习，使优秀者在群体中激发起一种成绩优良的荣誉感。学校当局收到厂商的公函后，立即同意，先后将各班成绩最好的一位同学的名单及住址详告厂商。

厂商收到名单后，就与这些同学直接联系。她们每人分别收到一张兑换券。凭此券，她们可以向附近地区的经销店兑取学生荣誉裙一件。

过了两个星期，这些女学生穿上荣誉学生裙后，又收到了一封信，信封内还有十张优惠券。信上讲，最近听到好多同学都很羡慕你，要买这荣誉学生裙，特地寄给你这些优惠券，请分赠给同班中的好同学；让她们凭券去购买，还可以获得赠送的裙架子一个。

事后证明，这一“糖衣炮弹”式公关攻势确实有市场效果。因为一旦同学中的“标兵”得到校方的许可穿上这种“荣誉学生裙”，实际上等于解除了不让穿这种“奢侈品”的禁令。一般的女同学都穿上了这种裙子，进而女校的学生制服都改用了尼龙质料。男校的学生们也穿上这种料子的制服。这种衣服变成了流行的大众化的学生服。

## 音乐教室就是砖

1950年，川上担任日本乐器公司的董事长。他认为，要在竞争激烈的企业战中求胜，就必须先铺好制胜的路。

川上曾一度异常热心地开办山叶音乐教室，做积极的推广，收了数百名学生，且为这个教育意味浓厚的事业投下20多亿元的资金，这是一项亏本的事业，但是川上仍持续不辍的原因何在？

川上极力主张这是一项纯粹推行音乐教育的事业，希望不要沾上商业色彩，所以声明在课堂上，绝不做山叶乐器的宣传。

虽然讲师在课堂上绝不做山叶乐器的宣传，但是他们会将学员名单送到日本乐器公司业务员的手中，很显然，这些名单就成为所有业务员促销的主要对象了。

而且，电子琴的教育课程是由音乐振兴会（山叶财团的一部分）编排的，课堂内容如果不用山叶的电子琴就无法弹奏出来，而层次越高的班级，越需要用山叶的乐器才能演奏出符合该阶层的水准。

所以，川上表面上虽然对外宣称纯粹是音乐事业，实际上却对日本乐器公司裨益良多。

川上先在音乐教室铺好通往成功的途径，巧用“抛砖引玉”，实在是老谋深算的赢家。

## 送给儿童嚼的口香糖

口香糖是美国人里力的杰作，它刚问世时运气不佳，问津者寥寥无几。后来，他在试销中发现，为数不多的顾客中，多半是儿童。里力从儿童身上看到了“希望”，他决定以儿童作为推销口香糖的“突破口”！

里力按照电话簿上刊载的地址，给每个家庭都免费送上 4 块口香糖。他一口气送了 150 万户，共 600 万块口香糖。几天以后，这一招就奏效了。

孩子们吃完里力赠送的口香糖，都吵着还要吃，家长们当然只得再买，从此，口香糖的销路就打开了。

聪明的里力后来又想出一个新招：回收口香糖纸。顾客送回一定数量的糖纸，更可得到一份口香糖。孩子们为了多得纸换糖，就动员大人也嚼口香糖。

就这样大人小孩一起嚼，没用多长时间就把口香糖嚼成了热门货。

## 物美价廉的购物中心

您要是到过美国的话，就可发现美国郊外都设有购物中心，在市中心反而少见。市区里的购物中心多是仓库又似商店式的商店。

所谓仓库式的商店，乃是似仓库又似商店的店铺。“店铺”或“仓库”也就随意叫了。这类商店的店面根本谈不上装潢，只是把货物一堆堆地陈列出来，由顾客自动取货。此商店以商品种类多和价廉物美吸引很多顾客。

又如日本莱市有一家水果店，位于一家连锁店旁边，店面只有 10 平方米大，内部陈设十分破旧，看上去杂乱无章，甚至狭窄得连立足之地都没有。然而这些对营业情形却毫无影响。因为，这里待客亲切，任你挑选，价格公道。小小店铺，每天却有六七万日元的收入。

还有家服装店，不过7平方米宽，陈设也平凡无奇，专卖妇女和儿童便服。店内除了堆满衣服外，乱糟糟的一片，犹如仓库。就是这样一个外观毫无引人之处、夹杂在许多陈设现代化、装潢考究的高级商店群中的小店，每年收入竟达800多万元。

以上所举的这些店，有一共同点，就是价廉实惠，任客挑选。也许这也是顾客至上宗旨的一种体现吧。在这种店里买东西，顾客有一种轻松自如感。这就是它为什么具有很大吸引力的原因，当然也是这些不起眼儿的小店成功的奥秘。

## 赌城秘诀

“赌城”拉斯维加斯以赌博业兴旺发达而闻名于世，每年都要接待不计其数的游客，但是由于以经营“赌博”为生的公司随处可见，所以“生意”竞争十分激烈。为了招揽赌客，公司对每个游乐者都慷慨赠以10美元的“赌金”，以此诱使游乐者到自己的公司来参加赌博活动。因为一般的人都喜欢贪小便宜，见公司主动送给10美元，虽然不算多，但却是白得，所以没有不接受的。因为接受了别人的馈赠，出于回报，便来该公司赌博。又因为所得的钱是不劳而获的，所以在赌博中便不那么在意。另外，人在赌输的时候，又都有急切捞回来的心理，但却会越输越多。这样一来，这家公司便赚了大笔大笔的钱。

这家公司采取的先予后取，“以小易大”的策略，初看起来是白白送出了10美元，但这块抛出去“砖”，却为公司引来了无数的“玉”，即大批的睹客在自己公司所输掉的钱。送出的10美元，只是钓鱼用的一条小蚯蚓，而钓上来的却是肥肥的“金鳌”。

## 秦楚丹阳之战

公元前313年，秦国准备攻打齐国。当时六国（齐、楚、燕、韩、赵、魏）合纵抗秦，以楚怀王为纵约长；尤其是齐、楚两大强国结成相当牢固的联盟，对秦构成严重的威胁，秦惠王深为忧虑，问计于丞相张仪。张仪说：请大王免掉臣的丞相之职，让我南游楚地，凭臣三寸不烂之舌，伺机向楚王进言，必定要使楚国与齐国断交，而与秦国亲近。秦惠王同意了。张仪来到楚国，先以重金贿赂了楚怀王的亲嬖近臣靳尚，然后拜见楚怀王，陈说楚国联齐还是联秦的利害得失。还假作谦卑地向楚怀王表示：秦王本来有意要事奉大王（指楚怀王），就是我张仪也愿意给大王做守门的臣仆，只因楚与齐结盟，才使我秦国国君感到不好办；如果大王能与齐绝交，我们国君愿意将往日商君从楚国夺去的商於（在今河南淅川县西南）之地 600 里归还楚国，并送秦王室的女子给大王做妾，让秦、楚两大国永结婚姻之好。楚怀王果然中计，群臣也因能不费一兵一卒便收复商于之地 600 里而向怀王贺喜。当时只有客卿陈轸、大夫屈平看出了张仪的诡计，劝怀王不要上当，但怀王利迷心窍，拒不采纳，还授与张仪以楚国相印，赐黄金百镒，以示嘉奖。张仪返秦后，却一面装病不出，不与楚使会面落实割地之事，让楚使在咸

孙权决计破曹操

阳白等了3个多月；一面却遣使入齐，暗地与齐结盟。待楚与齐绝交后，张仪方才接见楚使逢侯丑，并赖帐说：所谓归还商於之地600里，那是你们大王听错了；我说的又是我张仪的俸地6里。秦国的土地都是将士们身经百战得来的，岂肯以尺寸让人。楚怀王听了逢侯丑回来的报告后悖然大怒，立即宣布与秦断交，并命屈聚为大将，逢侯丑为副将，起兵10万攻秦，进军蓝田（今陕西西安以南），结果为秦齐联军所败，被追至丹阳（今陕西汉中），次年春，屈聚集兵力与秦齐联军决战于丹阳，结果又遭大败。楚军前后被斩首者8万余人，大将屈聚、副将逢侯丑被俘，又丧失汉中之地600里。在这一战役中，秦以暂免张仪丞相职（以便他以平民身份往楚游说）；诈称归还商於之地600里；表示愿与秦结通婚之好；卑称秦王愿意事奉楚王等为“砖”抛给楚王，从而引得破坏齐楚联盟；击溃楚军擒获楚大将；得汉中之地600里等数块大“玉”。

## 英情报机关的“肉馅行动”

1943年4月30日，西班牙人在韦尔发城的海滩上发现一具身穿英国皇家海军陆战队战地服装的尸体。死者身上的证件表明，此人是英美联合行动司令部参谋“马丁少校”，是在乘飞机去盟军地中海联合舰队的途中，因“飞机失事”落海身亡的。这位少校身上带有盟军联合作战司令蒙巴顿写给盟军最高司令艾森豪威尔和英国副总参谋长的信。信上说，盟军为了迷惑敌人，准备以进攻意大利的西西里岛为假象，掩护从希腊登陆作战的真实目的。西班牙当时与纳粹德国关系密切，便立即把这些信件拍成照片交给德国人。德国人看到信件，如获至宝，很快将驻扎在西西里岛的兵力调往希腊，在西西里岛仅留下少量驻军。

其实，这是英国情报机关精心安排的取名为“肉馅行动”的圈套。他们从医院搞来一具无人认领的尸体，把他打扮成“马丁少校”，将他盛在放着干冰的大木箱里，用潜艇运往“飞机失事”地点。英国驻西班牙大使馆人员随后还煞有介事地要求西班牙当局帮助寻找“飞机残骸”；大使馆海军武官还特地赶到西班牙海军部进行交涉。这一系列措施使德国人信以为真。盟军因此轻易地从西西里岛东南部登陆，攻占了这个具有战略意义的岛屿。英国人精心策划的这一行动，无疑是一次“抛砖引玉”的杰作。

# 第十八计　擒贼擒王

**【原文】**

摧其坚，夺其魁，以解其体。龙战于野，其道穷也[①]。

**【注释】**

①龙战于野，其道穷也：语出《易·坤》卦："象曰：龙战于野，其道穷也。"原指殷纣王、周武王战于郊野之事。古代天子有征无战，龙战于野，是失道所致。故干宝说："天道穷，至于阴阳相薄也；君德穷，至于攻战受诛也；柔顺穷，至于用权变矣。"（李鼎祚《周易集解》）此处喻在敌军首领道穷智困之际，将其擒杀。

**【译文】**

摧毁敌军的主力，把它的首领抓获，就能把其整体力量瓦解。就如同龙离开大海，到陆地作战而面临绝境一样。

**【按】**攻胜则利不胜取。取小遗大：卒之利、将之累、帅之害、功之亏也。全胜而不摧坚擒王，是纵虎归山也。擒王之法，不可图辨旌旗，而当察其阵中之首动。昔张巡与尹子奇[①]战，直冲贼营，至子奇麾下[②]，营中大乱，斩贼将五十余人，杀士卒五千余人。巡欲射子奇而不识，剡[③]蒿为矢，中者喜，谓巡矢尽，走白子奇，乃得其状。使霁云[④]射之，中其左目，几获之。子奇乃收军退还。

**【注释】**

①张巡与尹子奇：张巡，见第七计注。尹子奇，唐安史之乱的叛军头目安禄山、安庆绪的部将，曾率军十万攻睢阳。

②麾：古代指挥军队的旗帜。

③剡：削。

④霁云：南霁云（？——公元七五七年），唐魏州顿邱（今河南清丰西南）人，后为张巡部将，与巡共守睢阳。城破，不屈而死。

**【译文】**

要彻底战胜敌军就必须抓住时机扩大战果，若满足于小胜而失去更好的机会，虽然可以避免大的伤亡，但敌军主力未被摧毁，最终会给将帅造成麻烦，甚至前功尽弃。认为取得完全胜利而不去摧毁敌人的主力，捉拿他的首领，那就像放虎归山，后患无穷。捉拿敌人首领的方法，不要只从旗帜上去辨别，而应当观察敌方阵地上谁是首要指挥者。唐肃宗时，张巡和尹子奇作战，队伍一直冲击敌营到达帅旗下边。这时营中大乱，张巡斩杀了敌将五十余人，士兵五千余人。张巡想射死尹子奇，但不认识他，便叫士兵削了秸秆当箭射。中了箭的人都很高兴，以为张巡的箭已经射完了，急忙向尹子奇去报告。于是张巡辨认出尹子奇，立刻命令南霁云放箭。一箭射去，正中尹子奇的左眼，几乎把他俘获了。尹子奇吃了败仗，只好收兵退回。

**【计名探源】**

擒贼擒王，语出唐代诗人杜甫《前出塞》：“挽弓当挽强，用箭当用长。射人先射马，擒贼先擒王。”民间有“打蛇要打七寸”的说法，也是这个意思。蛇无头不行，打了蛇头，这条蛇也就完了。此计用于军事，是指打垮敌军主力，擒拿敌军首领，使敌军彻底瓦解的谋略。擒贼擒王，就是捕杀敌军首领或者摧毁敌人的首脑机关，敌方陷于混乱，便于彻底击溃之。指挥员不能满足于小的胜利，要通观全局，扩大战果，以得全胜。如果错过时机，放走了敌军主力和敌方首领，就好比放虎归山，后患无穷。

唐朝安史之乱时，安禄山气焰嚣张，连连大捷。安禄山之子安庆绪派勇将尹子奇率十万劲旅进攻睢阳。御史中丞张巡驻守睢阳，见敌军来势汹汹，决定据城固守。敌兵二十余次攻城，均被击退。尹子奇见士兵已经疲惫，只得鸣金收兵。晚上，敌兵刚刚准备休息，忽听城头战鼓隆隆，喊声震天。尹子奇急令部队准备与冲出城来的唐军激战。而张巡“只打雷不下雨”，不时擂鼓，像要杀出城来，可是一直紧闭城门，没有出战。尹子奇的部队被折腾了整夜，没有得到休息，将士们疲乏已极，眼睛都睁不开，一在地上就呼呼大睡。这时，城中一声炮响，突然之间，张巡率领守兵冲杀出来。敌兵从梦中惊醒，惊慌失措，乱作一团。张巡连续斩杀五十余名敌将，敌军大乱。张巡令兵士擒拿敌军首领尹子奇，但在乱军之中无法找寻尹的踪迹。张巡心生一计，他让士兵用秸杆削尖作箭，射向敌军。敌军中不少人中箭，他们以为这下完了，没有命了。但是发现，自己中的是秸杆箭，心中大喜，以为张巡军中已没有箭了。他们争先恐后向尹子奇报告这个好消息。张巡见状，立刻辨认出了敌军首领尹子奇，急令神箭手南霁云向尹子奇放箭。正中尹子奇左眼，这回可是真箭，只见尹子奇鲜血淋漓，抱头鼠窜，仓皇逃命。敌军一片混乱，大败而逃。

【评语】

“擒贼擒王”的原意是：用以比喻做事要先抓住要害。杜甫《杜工部草堂诗笺》五《前出塞》之六：“射人先射马，擒贼先擒王。”《悟真射法拾遗》：“马上之贼，只当重大的，射马不可射人。谚云：‘射人先射马，擒贼先擒王’是也。”此计用于军事方面，是指要首先打垮敌军的主力，捉拿敌军的将领，使之彻底瓦解的谋略。擒贼擒王，就是要在交战中，抓住要害，首先捕杀敌军首领或摧毁其首脑机构，从而使敌方陷于混乱状态，以便于我方彻底击溃之。如果错过时机，放走了其主力和首脑，就如同放虎归山，留下无穷的后患。

古人认为，要战胜敌人就不能不借机扩大战果。如果只满足于小胜，而失去了获取大胜的战机，即使减少一些伤亡，但是敌军主力仍没被摧毁，就会给指挥将领造成很大的困难，甚至前功尽弃。在战斗中，不去消灭敌军主力，并俘获其首领，那就如同放虎归山，后患无穷。俘获敌军首领的方法，不要只辨识其旗帜，还应观察其在阵地上的动向。

【战例】

## 华元解危

楚国围困中原的宋国。宋国人认为楚军远离故土，战线拉得太长，军需供应极端困难，不会长期驻兵在外，所以就采取坚壁清野的策略，将粮食、柴草都隐藏起来，等楚军粮尽丧失了战斗力，自然不攻自退。楚国看穿了这个策略，本来要撤兵离去，却假装命令全军士卒在驻地附近开荒、盖房子，做出楚军要在这长期驻扎下去的样子，用这个办法给宋国施加压力。宋国人果然害怕起来，以为楚军真的要长期围困下去。宋国大将华元说："我看楚国并无撤兵的意思，全城的百姓将士都将被饿死，陈尸街头。如实在别无良策，就让我悄悄地出城，面见楚军元帅公子侧，或许能够得救。"大家谁也没有好办法，只好依华元的主意办。当夜，宋人把华元从城墙上吊下去。华元偷偷来到楚军统帅公子侧的营帐中，只见公子侧喝醉了酒，正伏在案边酣睡。华元先整束好公子侧的衣服，把他搬坐起来，然后才唤醒他。华元陈述来意说："楚围宋都已历九个月，城内粮食已经吃光，现在城内百姓都互相交换着吃孩子，把人骨头当柴烧，真是困难到了极点。但即使这样，我们宋国上至国君下至士民都愿为保卫自己的国家献身，誓与国都共存亡！想逼迫我们签订屈辱的城下之盟，那是绝对办不到的。贵军倘能退避一舍（三十里），宋国愿意成为楚国的盟友。”说完就拔出匕首，在公子侧的眼前晃了晃说：“如果你不答应我的要求，那么我华元就在今天夜里和元帅同归于尽!”公子侧被这突如其来的举动惊得目瞪口呆，赶忙制止华元说：“宋国被困到了现在这种程度，我怎么忍心再去加剧这种惨象呢!”于是就请示楚王，和宋国订立盟约后撤围而去。

## 班超平西域

东汉时，班超做为汉朝特使出使西域诸国，到了鄯善之后，鄯善王对于班超及其随员恭敬备至。可是，过了不久，鄯善王却忽然对班超冷淡了。班超便对从人们说，这一定是匈奴的使者来了。当时，东汉王朝正与北方的匈奴族对峙，为了达到孤立对方以至于包围对方的目的，西域成为双方的必争之地。而西域诸国由于人口少，国力弱，对于汉匈双方只能采取服从强者的方针。所以，当匈奴使者到来之后，鄯善国王既不敢得罪汉朝，又不敢得罪匈奴，态度变得游移不定。

为了确切知道究竟是不是匈奴使者来了，班超把服侍自己的鄯善人召到跟前，问道："匈奴使者已经来了好几天了，现在他们在哪里呢？"侍从毫无准备，慌乱之中回答说："他们已经来了三天了，现在住在三十里以外的地方。"得知这个消息，班超让人把鄯善侍从禁闭起来，召集自己所带领的三十六名随员，说："不入虎穴，焉得虎子？当今之计，只能是在夜间火攻匈奴人，使他们不知道我们的人数多少，把他们全部歼灭。这样，鄯善人胆破，我们就可以大功告成。"众人们说："这件事应当和从事商量一下。"班超不禁发怒说："成败就在今晚，从事是文官，听见这件事情一定惶恐，事情如果泄露出去，我们岂不白白送死！"商量已定，半夜的时候，班超率领部下飞奔匈奴营地。正好这时大风骤起，班超先布置十个人带着鼓埋伏在营地后面，约定火起之后便鸣鼓大呼，其余的人都手持弓弩埋伏在匈奴营地的门口，之后，班超自己便顺风放火。火起之后，前后鼓噪，营内的匈奴使者不知道有多少兵马杀来，一片惊乱。有三十多人企图从营门冲出来，都被门口的伏兵射死了，其余一百多人全部被烧死在营房内。第二天，班超会见了鄯善王，把匈奴使者的头颅拿给他看。鄯善王立即吓得叩头称罪，表示服从汉朝，以后决不生二心。自此以后，班超在西域威名大震。不久，东汉任命班超为西域都护。几十年间，西域平安无事。

## 海湾战争中的“擒贼擒王”

1991 年 1 月 17 日爆发的海湾战争，敌对双方都施展了“擒贼擒王”的战术，意欲收事半功倍之效。

起初，以美国为首的反伊联盟想不动刀枪而解科威特之围。他们首先想到的就是设法把伊拉克总统萨达姆搞下台，使伊拉克政府无首脑，军队无灵魂，群龙无首，失去统一指挥，内部混乱不得不回师自救而放弃科威特。美国总统布什命令情报部门，使用除暗杀以外的一切手段结束萨达姆的政治生命。由于萨达姆牢牢地控制着军政大权，对上下控制极严，防范措施周密，直到海湾战争停火前夕，伊拉克始终没有出现上层权变和下层反叛，使反伊联盟大失所望。

战争打响后，以美国为首的多国部队把萨达姆的住所和办公地点作为重点袭击目标，想消灭萨达姆，打掉伊拉克的指挥中枢。

三十六计之擒贼擒王

多国部队对伊拉克境内的大轰炸目标也都是伊拉克的军事要害，体现了“射人先射马”抓主要矛盾的军事思想。在第一阶段的战略轰炸中，盟军首先选了66个战略目标，其中包括伊拉克的指挥系统，军事设施，通讯机构、交通要道、后勤网点等。其目的是要摧毁伊拉克心脏首脑部门的运转能力，打掉伊军的远程进攻武器，封住伊军的耳目，使之无法了解敌我情势。其用意是使伊拉克战争机器无法运转。在第二阶段的战术轰炸中，盟军又把轰炸重点集中在科威特战区的7个伊拉克共和国卫队师上。共和国卫队师是伊军的精华，摧毁了它就等于打断了伊军的脊梁骨，抽掉伊拉克战争机器的主机和框架，使伊军无重可倚，失去骨干。事实证明，盟军上述战略战术获得了成功。

据报道，海湾战争期间所发生的恐怖活动，也多半有伊拉克的背景。这些活动目的明确，大多把美英法意土等国的目标作为集中打击对象，意在擒贼擒王。因为这几国是多国部队的骨干国家，尤其美国是共盟主，如若威慑住它们，动摇它们打击伊拉克的决心，反伊联盟就有可能瓦解，对伊拉克的封锁也就有可能被打破。

在直接军事冲突中，伊拉克飞毛腿导弹所发射的目标，主要有两个，一是沙特阿拉伯王国首都利雅得，一是以色列。这也明显反映了“射人射马”，抓主要矛盾的思想。利雅得是当时多国部队中枢美军“沙漠风暴”行动指挥中心所在地，如能击中美军司令部，影响和作用可谓大矣。以色列是中东最敏感的地区，是阿拉伯世界的共同敌人，伊拉克用飞毛腿导弹袭击以色列，用意在激怒以色列，诱使以色列对伊拉克还击，以引起阿拉伯世界公愤，群起而攻击美军及以色列，援助伊拉克。美国对伊拉克的意图非常清楚，它想尽一切办法安抚以色列，使之未还击伊拉克，没有引起其他阿拉伯国家参战，使美国得以专意对付伊拉克。

## 轰炸巴格达

在海湾战争中，多国部队集中轰炸巴格达，使巴格达通讯遭到最严重的破坏，以致于最高指挥官无法同部队取得联系。也就是说，现代战争要设法破坏敌人的通讯系统，使敌人虽有“王”在，但无法指挥“士卒”，由此造成敌人的混乱。

多国部队的轰炸，达到了预期的效果。美国中央司令部作战室副主任理查德·尼尔准将说：“大约在停火前一天，这种联络完全中断了，这对盟军胜利帮了很大的忙。”

多国部队在组织进攻时，海军陆战队第 2 师的右翼在 25 日拂晓前的科威特西面暴露了大约 6 个小时，伊拉克一直到下午才组织进攻，这表明伊拉克的指挥控制系统被摧毁了。

空军的伊拉克南部的部队，也由于大雨、大风、浓雾遇到严重的困难，在布什宣布停火前二个小时，直升飞机因无燃料而无法起飞，伊拉克军队却没有攻击这些直升飞机。

这就是应用了擒贼擒王的谋略思想，此思想应用于政治斗争，就是要抓着关键，要打击主要的敌人。

“树倒猢孙散”只要把主要敌人击败了，其余的就好办了。

## 我方代表击中要害 致使日方就范

1984 年，我国与日本某汽车公司签订了购销汽车 5800 辆的合同。合同中规定：这批汽车是为中国市场的特殊需求而设计的。

5800 辆号称“天皇巨星”的载重汽车交货后，在我国投入运营了三个月，就相继发生了严重的质量问题，如铆钉松动、车架裂缝等等。进口汽车的质量问题导致了严重的经济损失。为此，我国有关人员及时地与日本代表进行索赔交涉。

在谈判过程中，日方代表推卸责任，声称他们的产品是世界一流水平，绝对不会出现质量问题。面对汽车损坏的事实，他们强调这是由于我国的公路质量所致。双方代表各持己见互不相让，谈判陷入僵局。

为了找到打开僵局的突破口，我方代表反复审核了合同条款和设计图级，终于发现了对我方有利的证据。关于汽车质量问题，我方针锋相对地提出了两个问题：

这批汽车按合同规定，是针对中国市场的特殊需求专门设计的。中国的公路质量较差，对方在设计和生产汽车时应加强汽车的承重机构，而设计图纸反映，承重机构不仅没有加强反而还有所消弱，这种设计错误是不应该出现的；

如果对方不信守合同，只顾赚钱，执意不承担设计错误的责任，那么我方将把此事公诸于世，让对方在国际市场上丧失信誉，后果不堪设想。

由于我方代表提出的问题尖锐有力，正中对方的要害之处，致使对方低头认输，承担了由于质量问题引起的一切经济责任。最终达成的协议如下：日方接受了全部退货，更新汽车，并且赔偿数十亿日元的间接经济损失。这场谈判挽回了我国的经济损失，并且维护了我国的经济利益和尊严。

## 柳州农机厂

企业经营者，特别是中小企业，运用“擒贼擒王”之计，关键就是在于集中人力、财力、物力、重点经营。如果不考虑企业实力，盲目扩大营业项目或多角经营，往往会因分身力薄而难以成功，至于大企业要搞多种经营或多角经营，经营的每一项，也要审慎研究，集中力量抓住重点。

1969年，柳州农机厂开始转产2.5吨“柳江”牌汽车，由于工厂沿用小生产经营方式，厂小而求全，除发动机外，其余零部件几乎都由自己生产。结果，“柳江”牌汽车成本核算高、质量差，企业效益低，到1980年出现亏损，陷入困境。

厂领导经过研究，苦思对策，确定加入东风汽车工业企业联营公司，生产“东风”车。并改变了过去“小而全”的生产格局，走专业化生产之路，结果成本大大降低，效益显著提高。以此为起点，柳汽又改汽油车为柴油车，从而适合大批个体运输户的需要，投放市场后，甚为走俏，1991年生产1万辆销售一空；1992年生产1.5万辆仍供不应求，这一创举，正是集中力量、重点经营的结果。

## 麦当劳的常胜秘诀

在麦当劳过生日，已经成了不少家长对自己子女的“例行公事”。麦当劳不仅有专门的为少年儿童过生日的庆祝场所，而且还帮助点上生日蜡烛。当小主人切开蛋糕时，“祝你生日快乐!”的歌声，马上荡漾在整个大厅里。同时传出“祝××小朋友生日快乐!”的广播。经过训练的麦当劳的服务员亲自为小朋友主持生日庆典的场面：她一面和蔼可亲的左右张罗，一面指挥在场的小朋友齐唱“祝你生日快乐”。做父母的感受到周围的人都分享到了自己的愉快时，对这家餐厅一定会产生特别的感情。

在麦当劳餐厅里，还往往设立专供小朋友玩耍的场所，有服务员专门负责。想办点正事儿的大人，可以放心地把小孩“暂存”于此。小朋友玩起来也兴高采烈。

抓住少年儿童，就抓住了当今最大的消费群，因为母亲总是让子女牵着走的。

## “白吃”寿星

1989年，当时新闻界陆续报道了不少虐待老人的事例。杭州“知味观”饭店经理在日常生活中，也耳闻目睹了一些不尊重老人的行为，为此愤愤不平。他决定在本店为长寿老人免费点心宴，以此宣传中国人敬老孝老之情和传统美德，以情感人，吸引顾客，进而扩大经营，搞活生意。

于是1990年春节前后，他在《杭州日报》刊发“公告”；“知味观为真诚鸣谢众人关心和支持，现特举办免费寿星点心宴——凡满90岁至95岁者，供应点心宴一桌（含家人10位），100岁以上者，供应点心宴三桌（含家人30位）。请凭本市区居民身份证联系。”

三江口曹操折兵

此消息一见报，就在全市引起轰动，一下子成了人们街头巷尾议论的话题，读者纷纷打电话问：“是真白吃，还是假白吃。”

当人们得知是“真白吃”后的第一个星期天，“知味观”前人头攒动，寿星点心宴会厅灯火通明，简直成了杭州市又一新景点，自然又成了记者们抢抓的新闻素材。

这一天，三世同堂的，四世同堂的，来了23家。每桌免费提供点心，有虾肉小笼包、长寿面、糯米素烧鹅等7道价值80元左右的菜点。寿星们和家人们品尝美味佳肴之后，无不夸赞“知味观”为他们创造的这份天伦之乐。其中还有不少老先生提笔留言：“人寿道圣明，年丰方知味”，“只有社会主义制度下，才会出现寿星宴这种创举”等等。

结果，1990年“知味观”营业额达到470多万元，比上一年增长1/4，利润上升40%。

## 作广告也应“擒贼擒王”

“达新牌”和“三和牌”是台湾人非常熟悉的两个品牌，它们的广告也经常在报纸、电视上出现。这两家公司的产品大抵类似，因此竞争相当激烈。

无巧不成书，1970年5月这两家公司不约而同地推出一种反光雨衣，为了争取顾客，双方展开了一场前所未有的厮杀。

所谓“反光雨衣”，顾名思义，它的用途是为了夜间雨天的行车安全。除了“反光”是主要的诉求点之外，双方也都强调设计上的美观、漂亮，不下雨可当夹克，一件当两件穿等特点。

“达新”和“三和”的反光雨衣之战，最后获胜的是“三和”牌。

“三和”牌之所以获得胜利，并非取决于设计、品质或价格，因为不论设计、品质或价格两家均大同小异，难分上下。那么“三和”牌以何制胜呢？此乃得力于广告上的一句话“晚上100公尺能看到我”。

“晚上100公尺能看到我”是一句简单、具体、人人能懂的话，100公尺的距离感也是每个人都能了解的，因此这句话的意思就等于是“安全”。

反观“达新”牌的广告则强调“安全、防雨、又漂亮”，这样的创意不但没有重点，无法突出商品的特色，而且抽象而笼统，绝对没有“100公尺能看到我”那么简明易懂。

“三和”牌就是靠这句“晚上100公尺能看见我”的广告词而成功，因而击败了“达新”牌。

看来，作广告也应“擒贼擒王”，不然，花了钱却收不到多大成效。

## 推销也要找对主

星期天，一对年轻的夫妇，带着他们可爱的小宝宝出来逛商店，小宝宝看着货架上琳琅满目的商品，什么都感到非常新鲜，用小手指指点点，显出兴致勃勃的神态，样子十分可爱。

当他们来到卖儿童玩具的柜台前，售货员迎上前来，热情地向孩子的父母问道："您二位准备买点什么呢？"夫妇二人看了看各式玩具的标价，歉意地摇摇头，抱着孩子马上离开了。刚走出几步，小宝宝立即哭叫起来："我要玩具！我要玩具！"孩子见父母们不理睬，从爸爸的怀中挣扎下来，坐在地上又哭又闹，爸爸妈妈只好赔着笑脸又劝又哄，但还是无济于事。售货员好像发现了什么奥秘，立即挑了几件高级电动玩具，来到孩子面前，一边帮助父母哄着孩子，一边把儿童玩具给孩子做表演，并亲切问道："小宝宝，您想要哪一件呀？阿姨给你拿。"孩子说："我都要！我都要！""那你最喜欢哪一件呢？""机器狗"。这时售货员用眼看了一下年轻的父母，只见他们犹豫好一会儿，终于拿出准备买衣服的钱买了机器狗。

这位卖玩具的售货员，第一次把功夫下在父母的身上，结果推销失败，这主要是她没有掌握一家三口中谁说了算。后来用"相敌之法"和"动敌之法"发现了这位小宝宝才是"真正的王"。第二次便抓住机会，激发起小宝宝的购买欲望，终于获得了成功。这是"夺其魁首"的策略。

# 天马公司独跃冷门

天马故事源于《史记·大宛列传》，是说汉武帝时得来自西域大宛的汗血马，此马神而益壮，极喜，曰之为天马。因此中国对良马、神马又都称为天马。又有好文者作《天马之歌》曰："天马行空，独往独来。"这又是对神马奇特个性的描述。

当北京服装业各种"休闲装"、"浪漫装"、"奇装异服"系列热极一时之际，正装则冷僻。聪明者预料到热极必趋冷，热极的市场达到饱和后，总会有趋衰之时。而眼下的冷僻，无人莅临之位却可以异军突起，俏居市场。热与冷的两极，互为对立，转化之机就看谁能抓得住。

有人说，男人要派，女人要靓，但是大多数的职业妇女追求的是既靓又派。在办公室，在庄严肃穆的会场，在隆重热烈的公关场合，职业女性都希望能有适合这些场合，又适应职业女性工作身份的正装。在职业女性心目中，自我价值是对自己独立人格的肯定，而不是点缀。北京天马服装服饰有限公司深深理解文化素质较高的职业妇女的心理意识，果断地调转航向，调整市场方位，要为北京职业女性生产庄重典雅、落落大方的正装——职业装系列。天马公司也从此得以迅速发展。

女人要靓又要派。天马公司清楚地知道女人之派与男人之派截然不同，因此以丌命名。为职业女性推出第一批天马“π”牌时装。它以庄重、典雅、明快的风韵出现时，立刻吸引了北京职业女性，其中的女强人们非“π”不穿。在慕名而来的外国观光客中，有的在看过样品后，一个人就买回数十套。经销商也蜂涌而至。如今，该公司产品供不应求，排队订货、取货是天马公司的常规接待业务，据说，它在全国设有近百家经销点。

“π”牌女式正装之所以由“冷”转“热”，就在于“天马行空，独往独来”的奇特个性。中国服装研究设计中心的有关调研资料表明，“π”装的个性突出，主要体现在它将东方职业女性的端庄大方、淑雅、聪敏、练达、灵秀等，一切美好的品质都集中地表现出来。在历次展赛活动中，“π”牌女式正装受到了与会者的一致好评。

由于天马公司抓住了东方传统美的表现形式，捕捉现代都市风貌和生活气息，领悟中国职业女性的情感体验及心理特征，所以使得“天马”腾空而起。

# 美意就是生意

赴法探亲期间，杜老师在女儿的陪伴下，来到巴黎拉丁区美好商店买唇膏。

这里的化妆品部有出售各种化妆品的综合货柜，也有专售单一化妆品的柜台。望着琳琅满目的化妆品，杜老师一时拿不准主意……

“夫人，请让我为你化妆。”杜老师抬头一看，眼前一位年轻漂亮的售货小姐正甜甜地微笑着。

群英会蒋干中计

“化妆?不，我不要。”

“我为你化妆不收费，请坐吧!”售货小姐说着就从柜台后搬来一个圆凳，让杜老师坐下。

尽管杜老师一个劲儿地推辞，她非但一点不泄气，反而依旧微笑着说：“化好妆后，您选唇膏就容易了。”

没办法，盛情难却，杜老师只好坐下来，闭上眼睛，任由售货小姐施展技巧。她先用棉纸擦干杜老师脸上的汗水，然后用抹上粉底霜的手指在杜老师脸上均匀揉抹。她一面为杜老师化着妆，一面轻声细语地对杜的女儿说：“黄种人的肤色不宜直接涂抹鲜艳的唇膏，所以我先给夫人抹上一层粉底霜。”

在为杜老师染眼影时，她又说：“东方人是黑眼球，眼影最好用暗紫色，它比蓝色更适合亚洲人的脸型和眼睛，这样看起来优雅文静。”女儿又问她应当怎样画眼睛，她和气地回答：“上下眼圈都要画，上边要比下边粗一倍。”最后画完眉，她拿过一画镜子。杜老师对着一看，哈！这位小姐还真下功夫，高超的手艺使人显得年轻、精神多了！售货小姐的一番化妆，为顾客选择唇膏提供了参考。杜老师选了一种近似色的唇膏。可是唇膏的价格又使她犹豫起来。还是省点钱吧！最后，杜老师挑了筒中低档的唇膏。尽管如此，当杜老师将收款凭单交给那位小姐时，她那甜甜的微笑所反映出的热情劲儿，并没因顾客买的是便宜货而减弱半分，照例向客人道谢。

# 让小孩也购买

在超级市场里，男人和孩子们比家庭主妇更易于被刺激起购物冲动。超级市场的管理人员同意这种看法：即男人是所有能引起购物冲动商品的销售目标。例如，被妻子派来买面包的男人，离开超级市场时却抱满了他们最喜爱的小吃和点心。精明的超级市场经理为促进销售，在具有非凡购物冲动的小孩子身上大作文章。印第安纳州一位超级市场的经理就专门备有十几辆儿童购物车。在母亲推着大购物车选择商品时，孩子们推着小车挑选自己喜爱的东西。顾客们只觉得小车很逗人喜欢，而经理却把小车看作谋取利润的诱饵。儿童们在货廊之间拐来拐去，模仿着母亲尽兴选择东西，不同的是他们拿得更多些。可以想象出，他们怎样伸出手，不假思索地把所有使他们感兴趣的东西：一盒盒点心、糖果、狗食等一古脑儿地扔进购物车。最后，当母亲和孩子一起来到付款处时，纠纷便发生了。商场经理这样描述过："当母亲哄劝孩子把购货车里的东西放回去时，常常发生争吵。一般来说，孩子们会把他们不那么在意的咖啡之类的商品送回去，可一碰到点心、糖果、冰淇淋或软饮料时，总会大吵大闹一通，结果总是孩子们占了上风。”

## “世界独有”的金桥百货

上海市金桥百货商店地处大商店的包围，隔壁是全国著名的华联商厦，对面是规模宏大的上海服装商店，附近还有全国最大的市百一店，可谓强手如林。而金桥既不是特色商店，又不是名店，而仅仅是一个中小型零售企业，却在 1985 年至 1989 年中，五项主要经济指标连续 5 年保持全国同类商店之首。金桥百货商店靠什么取得这些成绩？

一位外地顾客 1988 年 9 月从“金桥”买去一个床罩，零售价 160 元，直至 1989 年 3 月前来要求退货。尽管这批床罩厂方已经削价到 128 元，但营业员还是以原价退给了顾客，这位顾客十分感动地说：“我是趁来沪出差顺便来试试看的，没想到你们商店这样负责，要不是我亲身经历，真不敢相信有这么好的商店。”

“金桥”还首推独具一格的特色服务项目，堪称“世界独有”。凡在金桥百货商店有售的商品，顾客在其他商店购买的，只要不损不污，凭原发票也可在“金桥”退换。

1990 年 5 月的一天，一位手捧羊毛衫的女青年来到“金桥”羊毛衫柜台前，她目不转睛地盯着一件兔羊毛女套衫，脸上露出后悔莫及的神情。营业员的热情招呼，使她吐出了心事：原来她在南京路上一家商场买了这件羊毛衫，准备结婚时候穿，但事后总觉得不称心，便去该店要求退调，结果遭了白眼。她说她就喜欢眼前这件样品。她的话音刚落，营业员立即检查了她手中的羊毛衫，一口答应了她的要求，帮她调换了中意的羊毛衫。这位女青年激动地说：“你们这样做真比送我一件羊毛衫还叫我高兴，以后我再买羊毛衫一定到你们商店来。”

金桥百货商店的成功正是在于他人们擒住了服务行业中的“王”——消费者。这种优质的服务使消费者产生信任感，消费者也必将给予他们回报。

## 敢与洋饮料争高低

一碗豆浆，两根油条，这是很多中国人早餐的习惯。喝豆浆的人，很可能被追求时髦的年轻人视为“土老冒”，因它的形象难与可乐、牛奶相比。但是，确确实实，现在豆浆在美、加、澳及西欧各国的超级市场上和可乐、七喜、牛奶并列在货架上，且价高位重，畅销不衰。它的名字就叫维他奶。

维他奶是1940年香港青年罗桂祥创建的。豆奶之所以取名维他奶，罗桂祥别有一番苦心。“维他”来自拉丁文和英文，意即生命、营养、有活力。舍“浆”而取“奶则来自英语豆奶概念，也就是向人们提供一种既便宜又有营养的牛奶代用品——一种“穷人的牛奶”。

从40年代至60年代，维他奶“廉价饮品”的形象取得很大成功。到了70年代，香港人的生活水准大大提高，营养对一般人说来不虞匮乏，如果此时仍标榜“穷人的牛奶”，喝它岂不让人“掉价”？与此同时他们发现，在繁华大街上的汽水档前，喝汽水特别是喝外国汽水的人，“大模大样”地喝，而喝维他奶的，大多站在一旁遮遮掩掩，怕人家看到。

为适应时代潮流，豆品公司改变以往的宣传策略，把维他奶塑造为年轻人消费品的形象。广告词中摒弃了“解渴、营养、充饥”或“令你更高、更强、更健美”等字眼，而以“点只汽水甘简单”为代表，意为维他奶只像汽水那么简单。这句广东话十分上口，俏皮而响亮，一时成为香港人的口头禅，广告画面的背景为现代化都市，一群年轻人拿着维他奶随着明快的音乐起舞，塑造了维他奶的“消闲饮品”的形象。这一策略使销量再创高纪录。

到 80 年代，香港的年轻人喝维他奶怎么也喝不出“派”来了，于是从 1988 年开始，维他奶的广告便重点突出它亲切、温馨的一面，在电视广告上，画面轮流出现不同年龄层次的人的面孔，背景响起温馨的旋律与歌词：“童年的你，一定天真可爱。”对很多香港人来说，维他奶是一个人成长期常喝的饮品，有一种特殊的亲切感和认同感。它是香港本土文化的一个组成部分，犹如可口可乐对美国人一样。由此，维他奶又开始树立起一个“经典饮品”的形象。

80 年代以来，太多的脂肪成了发达国家公民们的一大问题。为此，维他奶在销往美、加、澳等国时，广告则标榜维他奶是“天然饮品”，强调没有掺入人工的成份如色素和附加剂等，又可以使消费者不会吸收太多的脂肪，特别是动物脂肪。果然很奏效。目前，维他奶已畅销西方和东南亚等几十个国家，是一种驰名的国际性低脂肪饮品。

## 精品王国

精品大王潘迪生是香港巨富的第二代。富家阔少，容易被人看成是一掷千金、左拥右抱的纯粹消费型的花花公子。但也有像潘迪生这样的阔少，置身灯红酒绿之中，却是醉翁之意不在酒，在乎银行户头的进账也！潘迪生利用偎红倚翠的上流生活氛围把自己变成了香港的第二代亿万富豪。

潘迪生的生意点子是：吃必精品、穿必名牌、用必高档、玩必新潮。

在香港，一条用料不多的名牌领带，可卖500～700元，一件名牌T恤衫，可以卖上千元。同样质地的货物，只要标上名牌，售价即使高出几倍，仍然相当畅销。名牌服装、名牌鞋、名牌手表、乃至名牌火机，用起来美观、大方、舒适仅仅是事情的一方面，更重要的是能显示一种身份、一种派头，满足一代“公子哥儿”和“公子姐儿”们的虚荣心理。潘迪生自己出身富豪，深谙“公子辈”钟爱名牌货的习性以及普通市民攀比享受名牌的风气，于是以500万元起家，在香港、日本、台湾、新加坡等世界各地开设6000多家精品店，建立起了一个庞大的精品王国，迅速积聚起数十亿元的资金，获得了老一辈难以望其项背的巨额利润。

潘迪生真把“擒贼擒王”之术运用到家了。

# 战胜对手

生产经营者应充分认识所在地区的文化环境，并着力去适应它。如在产品的规格、式样、包装乃至商标设计等各方面都要认真对待，绝不可与文化环境有任何抵触。

上海天厨味精厂创办人吴蕴初是中国味精的生产者，他参考“香精”、“糖精”的名称，给他的产品取名“味精”。味精由植物蛋白制成，本质是素食品，却又有肉味的鲜美，最适合于素食者食用，他联系素食者多信奉佛教，佛在天上，味精当属天宫之厨的美味，于是以“天厨”为厂名，以“佛手”为商标。在包装色彩上，“蓝、黄”两色象征净素，装味精的盒子就以这两种颜色为基本色调。从品名、厂名、商标到包装色彩全部围绕文化环境做了周密的设计，因而为产品打开了扩大市场的方便之门，再加上“完全国货”的号召，使天厨味精成为久已占领我国市场的日本名牌“味之素”的强大竞争对手。

# 质量就是生命

产品质量是企业的生命。质量的高低不仅仅影响企业的经济效益、而且对企业的命运前途也事关重大。在生产中，即使是1%的产品不合格，也会对整个企业的所有产品造成不良影响。因此，企业在把住质量关上丝毫马虎不得。

诸葛亮痛哭庞统

1985年，青岛电冰箱总厂生产的瑞雪牌电冰箱（“琴岛——利勃海尔”的前身），在一次质量检查时，库存不多的电冰箱中有76台不合格，按当时销售行情，这些电冰箱稍加维修便可出售。然而，厂长张瑞敏当即决定，当着全厂职工的面，将 76 台电冰箱全部砸毁。锤子砸的好像不是电冰箱，而是工厂所有职工的心。重锤之下，企业完成了质的飞跃。1987 年 6 月，世界卫生组织、国际银行第三届电冰箱招标，“琴岛——利勃海尔”力克世界 15 个参赛强手，一举夺标，成为我国首次在国际上中标的家电产品。1988 年，“琴岛——利勃海尔”捧走了全国定点电冰箱厂产品联展“最佳信誉杯”和全国电冰箱行业惟一的“质量管理奖”，摘取了“轻工业优秀出口产品奖”金牌、出口创汇先进企业“金龙腾飞奖”金杯，在轻工部质量管理监督管理委员会和中国质协用户委员会主办的国产双门电冰箱全国联合质量跟踪评定中，又荣登榜首。同年 12 月，电冰箱国优评比，总分第一，又获金牌。1990 年 9 月，青岛电冰箱总厂又获得了“国家质量管理奖”。获如此殊荣，按青岛电冰箱总厂干部工人的话说：“我们琴岛——利勃海尔的金牌是砸出来的。”

在企业经营中，“擒贼擒王”之计可引伸为：“紧紧抓住事物发展的关键。”在开发新产品时应着力研制生产集众人之长于一身、技冠群雄的王牌产品，以增强产品的竞争力。海尔集团正是如此，以产品过硬的质量作后盾创造出中国民族品牌。

## 赢得信任

湖北老河口市如意绸布商店，是一家经营化纤、呢绒、绸缎、棉布的私人企业。

1990 年开业，面对同行业竞争日趋激烈的形势，为赢得顾客的信任，扩大知名度，于是投资近千元，印制了专用包装纸，上面标明了出售商品的品名、产地、价格、数量、时间等项内容，专门雕刻了“包退、包换、包赔损失”的印章，顾客在此购买的商品，如发现质价不符，短尺少寸，以劣充优等问题，可凭盖有印戳的包装纸予以退换，并酌情赔偿损失；如果面料已加工成衣服，有穿用痕迹者，可商定价格，放商店代销。

顾客评价说：“这叫张飞买秤砣，人硬货也硬。如果想赚昧心钱，搞一锤子买卖，是绝不敢这样做的。人们买商品，最怕卖家出门不认帐，吃亏上当无处说，他给顾客解除了后顾之忧，当然都乐意往这跑。”

## 杨森困境求生存

1989、1990 年两年，我国经济处在调整中，银根紧缩，市场销售普遍不旺。年轻的西安杨森产品刚刚上市就面临这种困境。但杨森人并未坐叹自己的产品生不逢时，而是视困境为增强竞争力的机遇，凭借产品质量高、品种多、剂型全的优势，信心百倍地走向市场。

为了使自己的产品能打开销路，杨森公司设计了一个“摧其坚，夺其魁”的公关战术。他们紧紧抓住医药相连这根线，打出了“让每一个中国医生都了解西安杨森的产品”这一口号。结合我国医药市场的特点，借鉴西方市场的营销策略，形成了一套独具特色的“三角形宣传模式”。

位于“三角形”顶端的是医药界名流、权威组成的杨森科学委员会，对公司的产品、科研、管理等进行高层次的指导。在社会上，这些社会名流的介绍推荐令人可信，其宣传效果远非商业性广告可比。“三角形”的中间部份，面向医务人员，特别是有处方权的中青年医生，他们知药、懂药，对药品可主动选择，直接接受。通过报刊、电台、电视台进行广泛的宣传，吸引广大消费者，便构成了“三角形”雄厚坚实的底部基础。这套宣传模式以医药界名流、权威为龙头，抓住了这一龙头，也就起了以点带面的作用，影响了社会的不同阶层，影响面之广为一般宣传形式所不及，这在树立公司良好形象、提高新产品知名度方面，发挥了积极有效的作用。

在武汉召开的全国医药订货会上，公司利用报纸、电视、路牌、车身巨幅标语、气球标语等大做广告，使西安杨森公司名声大振，一次订货就达1500万元。公司为新产品宣传所进行的公关活动仅1990年就举办大型新产品宣传会51次，与会者达6400多人；召开小型医院座谈会115次，共有7400多人参加。1990年的广告费用500万元，而销售收入达到了1.89亿元。

## 日本在谈判中抓住澳商弱点终获胜

我们知道，日本是一个自然资源匮乏而经济十分发达的国家。以钢铁和煤炭资源来说，其优质高品位的铁矿和煤炭的蕴藏量都非常低，又因二次世界大战前实行的经济军事化和战后的以经济成长倍增计划为特点的经济起飞，铁矿和煤炭的矿藏已开采殆尽。而与此相反的，澳大利亚是一个幅员辽阔，自然资源十分丰富的国家，优质铁矿和煤炭的蕴藏量位列世界前茅。日本急想购买澳大利亚的铁矿和煤炭，而澳大利亚得天独厚的资源则成为世界各国争购的热点。很显然，日本人在购买澳大利亚铁矿和煤炭的谈判中处于明显的劣势。

但聪明的日本人深知，澳大利亚的商务代表也有着大多数富裕的白种人一样的特点，他们浪漫奢华、生活闲散、追求享乐，根本不适应日本人勤勉、刻板的生活方式和环境。因此，他们提议将谈判地点设在日本，邀请澳商到日洽谈生意。果然，澳大利亚谈判代表一到日本，就表现出焦灼和局促不安的不适感，流露出对家乡迷人的海滩、炫目的阳光和蜜月般生活的无比渴望，患上了愁肠百结的思乡病。然而，日商却表现出了极大的耐心，不慌不忙地讨价还价。

随着谈判过程的缓慢进行，澳商愈加显得不耐其烦，情绪低落，而日商却逐渐掌握了谈判的主动权。双方的地位发生了戏剧性的变化。最终，日商仅付出了极少的代价——邀请和招待费，就达成了以优惠价格购买大量优质铁矿和煤炭的一揽子合同。战绩之辉煌，连他们自己都感到惊奇不已。

# 第四套　混战计

## 第十九计　釜底抽薪

**【原文】**

不敌其力，而消其势，兑下乾上之象[①]。

**【注释】**

①兑下乾上：卦名。在八卦中，乾为天，兑为泽，兑下乾上得“履卦”《易·履》卦：“彖曰：履，柔履刚也。”意思是下反而能克上，即以柔克刚的意思。

**【译文】**

力量赶不上敌人时，可以消弱他的气势，使用以柔克刚的办法来制服它。

**【按】**水沸者，力也，火之力也，阳中之阳[1]也，锐不可当。薪者，火之魄[2]也，即力之势也，阳中之阴[3]也，近而无害。故力不可当而势犹可消。《尉缭子》曰：“气实则斗，气夺则走。”[4]而夺气之法则在攻心。昔吴汉[5]为大司马[6]，尝有寇夜攻汉营。军中惊扰，汉坚卧不动。军中闻汉不动，有顷乃定。乃选精兵夜击，大破之。此即不直当其力而扑消其势力。宋薛长儒[7]为汉州通判[8]。戍卒开营门，放火杀人，谋杀知州、兵马监押[9]。有来告者，知州、监押皆不敢出。长儒挺身出营，谕[10]之曰：“汝辈皆有父母妻子，何故作此？然不与谋者，各在一边。”于是不敢动。惟主谋者十三人[11]突门而出，散于诸村野，寻捕获。时谓：非长儒则一城涂炭矣。此即攻心夺气之用也。或曰：敌与敌对，捣强敌之虚，以败其将成之功也。

**【注释】**

①阳中之阳：阴阳是《周易》上的用语，指构成一切事物相反相成的两个方面。阳中之阳，指强大中最强大，刚健中最刚健的事物。此处意为，强大的力量又处于最有利的态势。

②魄：本指灵魂、根本。这里指力量的源泉和发挥力量的条件。

③阳中之阴：一切事物都是由阴和阳两个方面的对立统一构成的。在“阳”的内部必然蕴藏着对立的方面“阴”。

④气实则斗，气夺则走：语出《尉缭子·战威》篇，意思是气势旺盛就能勇敢战斗，气势丧失就会溃败。

⑤吴汉：东汉开国将领。字子颜，南阳宛县（今河南南阳）人。历任偏将军、大将军、大司马，封广平侯。用兵败不气馁，力挽危局，有功于东汉王朝的统一。

⑥大司马：官名《东汉会要·官职一》说：“掌四方兵事功课。”东汉初，为三公之一。

⑦薛长儒：宋代绛州（今山西新绛）正平人，字元卿。历任汉、湘滑州通判，后知彭州。

⑧通判：官名，宋代州、府的副长官，与知州、知府共同掌管政治。

⑨兵马监押：宋代掌管全州军事的武官。

⑩谕：旧时上告下的通称，这里意为训诫。

⑪十三人：一作“八人”。

**【译文】**

水的沸腾是靠火的力量，火烧的越旺，水就沸腾的越猛，其势头几乎不可阻挡；柴草是产生火力的原料，它蕴藏着很大的能量，是火势大小的主要原因。可柴草本身并不凶猛，靠近它也不会受伤。所以说，我们无法阻挡强大的力量，但它的气势是可以削弱的。尉缭子说："士气旺盛，就投入战争；士气不足，就避开敌人。"削弱敌人士气的办法，就在于运用政治攻势。东汉初年，吴汉做大司马，有敌人黑夜袭击军营。当时部队惊慌混乱，但是，吴汉却安然躺在床上，一动也不动。士兵们听说吴汉这样坚定沉着，不一会儿，也就安静下来了。这时吴汉选出精锐部队乘夜反击，打败敌人。这就是不去直接拦阻敌人，而运用计谋去扑灭、抵消它的气势的办法。北宋薛长儒做汉州通判，守卫的士兵叛变，打开营门，放火杀人，企图杀害知州和兵马监押。有人前来报告，知州和监押都不敢出门。长儒挺身走出营去，劝告叛兵说："你们都有父母妻子，为什么作出这样的事情？凡是没有谋划此事的，请站在两边！"那些曾经附和叛变的，站在两边不敢妄动，而参加叛变的，八名主犯冲出营门纷纷逃向野外的村庄里，很快就被擒获。当时的人们都说，要不是长儒用计捣敌人之虚，破坏他们即将取得的胜利，则满城的人民就要遭殃了。

**【计名探源】**

釜底抽薪，语出《吕氏春秋·数尽》："夫以汤止沸，沸愈不止，去其火，则止矣。"《淮南子·本经训》："故以汤上沸，沸乃不止，诚知其本，则去火而已矣。"北齐魏收《为侯景叛移梁朝文》："抽薪止沸，剪草除根。"到了明代俞汝楫《礼部志稿》四九戚元佐《议处宗潘疏》："谚云：扬汤止沸，不如釜底抽薪。"才演变成今天的固定的语言格式。这个比喻很浅显，道理却说得十分清楚。水烧开了，再兑开水进去是不能让水温降下来的，根本的办法是把火退掉，水温自然就降下来了。此计用于军事是指对强敌不可用正面作战取胜，而应该避其锋芒，削减敌人的气势，再乘机取胜的谋略。釜底抽薪的关键是抓住主要矛盾，很多时候，一些影响战争全局的关键点，恰恰是敌人的弱点。指挥员要准确判断，抓住时机，攻敌之弱点。比如粮草辎重，如能乘机夺得，敌军就会不战自乱。三国时的官渡之战即是一个有名战例。

东汉末年，军阀混战，河北袁绍乘势崛起。公元199年，袁绍率领十万大军攻打许昌。当时，曹操据守官渡（今河南中牟北），兵力只有三万多人，两军隔河对峙。袁绍仗着人马众多，派兵攻打白马。曹操表面放弃白马，命令主力开向延津渡口，摆开渡河架势。袁绍怕后方受敌，迅速率主力西进，阻挡曹军渡河。谁知曹操虚晃一枪之后，突派精锐回袭白马（今河南旧滑县东），斩杀颜良，初战告捷。

由于两军相持了很长时间，双方粮草供给成了关键。袁绍从河北调集了一万多车粮草，屯集于乌巢，曹操探知此消息，便亲率五千精兵成功地偷袭了乌巢，袁军的一万车粮草顿时化为灰烬。此时，曹操发动全线进攻，袁军大败，袁绍带八百亲兵逃回河北，从此一蹶不振。

【评语】

“斧底抽薪”其语义出自北齐魏收《为侯景叛移梁朝文》：“若抽薪止沸，剪草除根。”其原意用以比喻从根本上解决问题。《太平天国·从军纪事》：“贼恐其党羽临阵来临，不敢出战，大有釜底抽薪之效。”此计用于军事上，则指在战争中主要不靠正面攻击取胜，而是设法攻击敌方的弱点，如粮草辎重、水源、归路等，借以削弱它的战斗力，从而把它击败。

古人认为，锅水的沸腾，是靠着一种力量，那就是火的力量。火烧得越旺，火势就越大，就越发迅猛而不可阻挡。柴草是火的灵魂，也就是火势的根基。

但是，柴草本身却不凶暴，靠近它也不会受到伤害。所以，强大的力量虽然不可阻挡，但是从气势上使之自行瓦解的妙计，还是有的。暇缭子说：“士气旺盛，就投入战斗；士气不旺，就避开敌人。”而削弱敌人士气最好的方法则是攻心战。

**【战例】**

## 逼走孔子

春秋时，鲁国重用孔子，国泰民安，日益殷实。为此刚刚失去贤相晏婴的齐景公感到了威胁，便对大夫黎弥说：“自孔子相鲁以来，鲁国日益强大，将来它的霸业一成，我国必首蒙其害，这该如何是好？”

孔子绝粮于陈、蔡图

黎弥沉思了一会儿说：“想办法逼走孔子，鲁国必然孱弱如初。”

齐景公问："孔夫子在鲁国正受宠走红，怎样才能逼走他？"

黎弥便把自己的计策说了出来："俗话说'饱暖思淫欲，贫穷起盗心'。今日鲁国一片太平，鲁定公必有好色之念。如若选一群美女送与他，让他夜夜笙歌，一本正经的孔夫子还能诚心辅佐他吗？他们君臣还能像过去一样亲密无间吗？这样一来，保管气走孔夫子，那大王不是可以安枕无忧了吗？"

齐景公连称妙计，令黎弥挑选美女 80 名，教以歌舞，授以媚容。另选 120 匹宝马，特加修饰，一并送到鲁国，说是给鲁定公享受的。

鲁国的另一位丞相季斯听到这个消息后，即刻换了便服，坐车到南门去看，见齐国美女正在表演舞蹈，娇声遏云，舞态生风，一进一退，光华夺目，不禁目瞪口呆。

等到定公几番宣召他入宫，把齐国书给他看时，他立刻答到："此乃齐王的好意，不可推辞。"

于是定王便在季斯的带领下去看这群美女，只见美女们摇臂摆身，似临风之芍药；歌声乍起，疑为群莺出谷。鲁定公乐得神魂飘荡，手舞足蹈。

鲁定王当晚回宫，便叫季斯多谢齐王，重赏齐使，把两批厚礼收入宫去。定公从此沉迷酒色，不理朝政。

孔子见状，十分忧心。他几次劝谏鲁定公，但毫无效果。孔子感到自己的抱负无法在鲁国施展，于是又带领弟子周游列国去了。至此齐景公达到了自己的目的。

## 小偷釜底抽薪　楚国转危为安

战国时，齐国出兵打楚国，楚国的令尹子发率兵抵御，交战三次，三次皆败，用了很多计谋都没有办法，眼见就要竖白旗投降了；齐军始终未受影响，反而声势愈强。子发正在无计可施、无路可行、愁眉苦脸的时候，有一位做小偷的求见统帅，说："我会偷盗，愿去敌营试一试；兴许能扭转局势未定。"子发于无可奈何的时候，姑且派他去活动一下。此小偷便偷偷摸入敌营，偷了齐将的帐子回来交给子发，子发使人公开还齐将。第二晚，小偷又偷回齐将的枕头，又送还了。第三晚，小偷又偷到齐将头上发插，子发复使人奉还。齐此时大惊了，这样下去，岂不会连头都被偷去？于是急忙下令班师回朝，因此，楚国才转危为安。

## 齐国釜底抽薪解围

战国时还有这样一件事，燕昭王拜乐毅为将，兴兵复仇，连下齐国七十余城，只有即墨莒城未下。乐毅想笼络人心，不逼之太甚，只把二城围困住。待燕昭王死后，惠王即位，新王与乐毅素有矛盾，齐国将领田单见此情形，乃施“釜底抽薪”之计，想法把乐毅弄走。于是派人往燕王那里散布谣言，说：“乐毅能于六个月间连下齐城，惟对即墨和莒城，围了三年未下，不是不能，实有阴谋想笼络民心，自立为齐王。”惠王听说后，立即在阵前换了帅，派骑劫去接替乐毅兵权，乐毅畏罪逃回赵国去。骑劫一上任，便尽改旧法，下令攻城，终被田单几番用计，驱火牛闯入燕军营地，牛惊怒而狂奔，牛所触敌尽死伤，燕军大溃，俘杀了骑劫，收复了失地。

## 周亚夫平吴楚联军

公元前 154 年，吴王刘濞串通楚汉等七个诸侯国，联合发兵叛乱。他们首先攻打忠于汉朝的梁国。汉景帝派周亚夫率三十万大军平叛。这时，梁国派人向朝廷求援，说刘濞大军攻打梁国，我们损失了数万人马，已经抵挡不住了，请朝廷急速发兵救援。汉景帝也命令周亚夫发兵去梁国解危。周亚夫说：刘濞率领的吴楚大军，素来强悍，如今士气正旺。我与他们正面交锋，一下恐怕难以取胜。汉景帝问周亚夫准备用什么计谋击退敌军。周亚夫说，他们出兵征讨，粮草供应特别困难，我们如能断其粮道，敌军定会不战自退。

荥阳是扼守东西二路的要冲，必须抢先控制。周亚夫派重兵控制荥阳后，分两路袭击敌军后方；派一只部队袭击吴、楚供应线，断其粮道；自己亲自率领大军袭击敌军后方重镇冒邑。周亚夫占据冒邑，下令加固营寨，准备坚守。刘濞闻报大惊，想不到周亚夫根本不与自己正面交锋，却迅速抄了自己的后路。他立即下令部队迅速往冒邑前进，攻下冒邑，打通粮道。刘濞数十万大军气势汹汹，扑向冒邑。周亚夫避其锋芒，坚守城池，拒不出战。敌军数次攻城，都被城上的乱箭射回。刘濞无计可施，数十万大军驻扎城外，粮草已经断绝。双方对峙了几天，周亚夫见敌军经数天饥饿，士气衰弱，已经毫无战斗力了。他见时机已到，调集部队，突然发起猛攻。精疲力竭、软弱无力的叛军不战自乱。叛军大败，刘濞落荒而逃，在东越被杀。